KB096918

가치를 팔고 경험을 삽니다

가치를 팔고 경험을 삽니다

펴 낸 날/ 초판1쇄 2023년 6월 3일
지 은 이/ 레인서울 3기

펴 낸 곳/ 도서출판 기역
편 집/ 책마을해리

출판등록/ 2010년 8월 2일(제313-2010-236)
주   소/ 전북 고창군 해리면 월봉성산길 88 책마을해리
        경기도 파주시 회동길 363-8 출판도시
문   의/ (대표전화)070-4175-0914, (전송)070-4209-1709

ⓒ 레인서울 3기, 2023

ISBN 979-11-91199-67-3 03810

팀버스 teamverse 프로젝트

MTA x 스탠퍼드 챌린지

가치를 팔고 경험을 삽니다

레인서울 3기 지음

ㄱ

"가치를 팝니다"

"넌 이다음에 커서 뭐가 될 거니?"

초등학교 다니던 시절, 누구나 한 번쯤은 들어본 질문이다. 그 답변으로 경찰, 대통령, 소방관, 백수까지 참 다양한 직업군이 나오곤 했다. 우린 열 살도 안 되는 나이부터 무엇을 하며 먹고살지 고민한다. 그리고 이 질문은 시간이 지날수록 우릴 더 심하게 뒤흔들어 놓는다. "뭐가 될 거니?"라는 질문은 곧 "난 어떻게 돈을 벌까?"라는 질문으로 꼬리에 꼬리를 물고 이어진다.

행복의 열쇠는 돈이 아니라고들 한다. 유명강연이나 행복을 주제로 진행되는 워크숍 등에 가면 항상 나오는 말이다. 우리는 이 말에 동의하면서도 동시에 동의하지 않는다. 분명 행복으로 가는 가장 중요한 열쇠는 돈이 아니다. 개인마다 다양한 가치가 있으니, 그 기준을 돈에 둘 순 없다. 아이러니하게도 돈은 행복의 전제가 아니지만, 행복하기 위한 중요한 도구다. 인간에게 돈은 마치 산소와 같다. 우리가 숨을 쉬게 도와주지만, 살아가는 데 있어 가장 중요한 목적이 되지는 않는다(일부는 동의하지 않을 수도 있다).

그럼에도 자본주의 세상을 살아가는 우리는 자신이 사고 싶은 것을 사거나 자신이 하고 싶은 경험을 누리는 데 돈이 필요하다.

조금 더 쉬운 관점으로 접근해보자. 돈을 버는 것은 '거래'를 한다는 개념이다. 우리는 누구나 거래를 하며 살아간다. 물건을 팔지 않더라도 우리는 노동력, 지식, 시간 등을 매체로 거래를 한다.

〈더 울프 오브 월스트리트〉라는 유명한 영화가 있다. 이 작품은 미국의 금융시장이 돌아가는 모습과 상류층들의 탐욕과 돈, 마약 등을 조명하는 할리우드의 거장 마틴 스코세이지 감독의 영화다. 이 영화는 실존 인물인 조던 벨포트 씨가 어떻게 땡전 한 푼도 없던 인생에서 벼락부자가 되고, 그 후 어떤 탐욕스러운 삶을 살게 되었는지 비춘다. 이 영화엔 주제를 관통하는 아주 중요한 대사가 하나 있다. 바로 "나에게 이 펜을 팔아보시오"다. 오늘날 아주 유명한 대사가 되어 미국 대기업에서 신입사원들을 인터뷰하는 질문으로 많이 쓰인다고 한다. 이 질문은 단순히 '펜'을 팔라는 의미가 아니다. 비싸봤자 2천 원짜리 흔한 펜을 제값을 주고 되파는 것이 무슨 의미이겠는가. 이 펜을 얼마나 가치 있게 만드냐가 이 질문의 관건이다. 사람들은 쉽게 돈을 쓰지 않는다. 특히 물가는 계속 오르고 화폐 가치는 떨어지는 이 시대에 '돈'의 가치에 충분히 상응하는 획기적인 서비스나 상품이 없다면, 고객들의 지갑을 열게 하기 어렵다. 그럼에도 고객들이 지갑을 연다는 건 그만큼 당신이 제공하는 물건이 가치 있다는 뜻이다. 내가 제공하는 가치를 상대방이 돈과 거래하게 만드는 방법이 우리가 돈을 버는 방법이다.

획기적인 발명품으로 새로운 가치를 창출하는 건 무척 어려운 일이다. 우리는 새로운 가치를 창출하기보다 이미 있는 물건의 가치를 재조명하거나, 물건이 가치 있게 되는 상황을 노려야 한다. 마치 눈앞에 있는 펜을 지금 당장 팔아야 하는 것처럼. 당신은 어떻게 펜을 팔 것인가?

이 상황과 아주 비슷한 챌린지가 있다. 제한된 시간 안에 제한된 돈을 갖고 최대 이익을 내야 하는 스탠퍼드 챌린지다.

스탠퍼드 챌린지를 처음 들어보는 이들이 대부분일 것이다. 그도 그럴 것이 이것과 관련된 설명이나 정보를 찾기가 어렵다. 그만큼 우리나라 사람들에게 알려지지 않고, 또 익숙하지도 않은 개념인데, 의외로 우리에게 아주 친숙한 예능에서 다뤄진 적 있다. TV 프로그램 〈무한도전〉 '쩐의 전쟁' 편이다. '쩐의 전쟁'은 초기 자본금 10,000원을 바탕으로 하루 동안 가장 높은 이익을 내는 멤버가 이기는 게임이었다. 유재석과 박명수는 커피와 머리띠 같은 기타 잡화를 판매했고, 정준하는 구두닦이와 주먹밥 판매를 했다. 길은 장난감, 하하는 마사지 서비스를 판매하는 등 다양한 방식을 통해 수익을 올렸다.

스탠퍼드 챌린지와 '쩐의 전쟁'은 같은 개념을 공유하고 있다. 제한된 시간, 제한된 자원으로 최대의 이익을 내는 방식. 새로운 발명품을 만들긴 턱없이 부족한 조건에서 우리는 제공할 수 있는 물건의 가치를 다시 한번 고민해보게 된다.

스탠퍼드 챌린지는 미국 스탠퍼드 대학의 경영 수업에서 티나 실리그(Tina Seelig) 교수가 처음으로 시작한 'Five Dollar Challenge'를 일컫는다. 학생들에게 5달러를 주고, 5일 동안 돈을 최대한 불려오라고 했다. 5일 후 자신이 어떻게 돈을 벌 수 있었는지 3분 동안 발표하는 것이다. 학생들이 받은 봉투의 돈은 꺼내는 순간부터 딱 두 시간 동안만 사용할 수 있다는 핸디캡 또한 존재했다.

5달러, 한화로 약 7천 원이다. 7천 원을 든 학생은 막막한 감정을 느낀다. 7천 원으로 밥 한 끼를 먹으라는 것과 자본으로 쓰라는 것은 다른 느낌을 준다. 과연 스탠퍼드 챌린지를 부여받은 학생들은 어떤 방식으로 이 상황을 헤쳐나갔을까?

처음 스탠퍼드 챌린지를 만든 실리그 교수는 학생들이 편의점으로 들어가 복권을 사거나 라스베이거스의 카지노에 가거나, 혹은 세차장 설치, 레모네이드 판매 등을 이용하여 돈을 모을 것이라고 예상하였다. 돈을 벌 수 있는 가장 일반적인 방법인 동시에 몇 달러의 이익을 내는 데는 더없이 적합한 방법이기도 했다. 그러나 학생들은 일반적인 방식을 뛰어넘는 훌륭한 발상으로 큰 이익을 얻었다. 총 14개로 구성된 팀 평균 수익률은 무려 약 4,000%에 이르렀고, 우승을 차지한 팀은 총 600달러 이상의 이익을 내는 데 성공하였다. 그들은 지금 수중에 가지고 있는 5달러라는 돈 자체에 집중하는 대신, 현재 자신들의 상황과 사용할 수 있는 재화를 이용해 큰 그림을 보며 창의적인 사고를 한 것이었다.

한 팀은 유동인구가 많은 대학가 상황을 꿰뚫어 보곤, 그것을 적극적으로 이용하여 이익을 얻어냈다. 대학가의 식당에 대신 줄을 서주는 일이었는데, 그들은 짝을 지어 인기 식당을 예약해놓고 예약 당 최대 20달러에 팔아 이익을 남겼다. 다른 팀은 자전거 타이어의 공기압을 측정해주는 방법을 선택하였는데, 이는 자전거를 애용하는 사람들의 니즈를 정확히 파악하고 그것을 해소해 줄 수 있는 영리한 움직임이었다. 우승을 거머쥔 팀, 즉 총 600달러라는 거금을 손에 쥔 팀은 앞선 팀보다 기발한 방식으로 돈을 벌었다. 그들은 주어진 5일 동안 돈을 벌지 않았다. 그들이 돈을 번 시간은 발표 시간인 3분 동안이다.

그들은 5달러가 든 돈 봉투를 받았을 때, 그것을 뜯기 전에 자신에게 주어진 자산은 무엇일지 곰곰이 생각해보았다. 그리고 그들은 돈 봉투를 뜯지 않기로 했다. 돈 봉투를 뜯으면 주어지는 제한된 5달러와 5일은 자원이지만 동시에 족쇄이기도 했다. 그들은 다른 자원을 사용하기로 했다. 5일 뒤, 발표 시간이 찾아왔다. 그들은 3분의 발표 시간 동안 기업의 채용공고를 띄웠다. 스탠퍼드대학교는 여러 기업이 탐내는 인재들이 다니고 있는 미국의 명문대다. 기업들은 인재들을 채용하기 위해 기업의 가치를 알릴 필요가 있었다. 기업은 학생들이 모여있는 교실에서 3분 동안 기업의 가치를 광고했다. 600달러를 벌어들인 팀은 '기업들이 탐내는 인재들이 다니는 스탠퍼드대학교에 다니는 학생'이라는 정체성을 자신에게 주어진 자원으로 봤다.

우리는 최초의 스탠퍼드 챌린지, 5달러 챌린지가 추구했던 가치는 자신이 가진 자원을 확인하고, 창의력을 통해 자신의 자원을 '돈'으로 가시화하는 것이었음을 알 수 있다. 주어진 5달러의 10배를 벌어도 50달러가 된다. 그러나 이미 우리에겐 그 이상의 가치를 가진 자원이 있을지도 모른다.

많은 사람은 처음에 주어진 돈 봉투에 집중했을 것이다. 기반이 될 수 있는 재화가 있어야 돈을 효과적으로 불릴 수 있다고 생각하기 때문이다. 애초에 이 챌린지는 처음부터 5달러가 든 봉투라는 거대한 함정을 던져줬다. 물론, 그 함정에 걸려들어 돈 봉투를 뜯었더라도 가치는 충분히 얻을 수 있지만, 이 챌린지에서 말하고자 하는 가치, '돈을 버는 방법'은 다르다. 눈 앞에 놓인 자원에 얽매이지 않고 현재 자신에게 있는 내재적 자원과 상황을 뚜렷하게 바라봐야 한다. 내가 가진 가치를 발굴해야 한다는 뜻이다.

이 책은 '돈 버는 방법'에 대해 말하는 책이 아니다. 돈은 한 눈에 들어오는 지표다. 하지만 그 뒤에는 돈과 거래된 가치가 숨어있다. 제한된 시간에서 돈을 버는 챌린지를 통해 역설적으로 돈보다 중요한 가치를 이야기하고자 한다. 이 책을 끝까지 읽었을 때, 돈으로 환산되지 않은 가치를 배울 수 있으리라 믿는다.

2023년 5월

차례

아이디어, 잠재력,
가치를 팝니다

우리는 고창에 모였다

초가을이 막 시작된 2022년 9월의 어느 날, 전북 고창의 시내에는 어리둥절한 20대 초반의 청년 열 명이 서 있었다. 1인당 1만 원가량의 자본금과 '네 시간 동안 이 돈을 활용해서 돈을 벌어보세요'라는 도전과제와 함께였다.

잠시 당황했지만, 곧 세 그룹으로 흩어져 방법을 고민하기 시작한 이 청년들은 스페인 몬드라곤대학교 MTA (Mondragon Team Academy; 이하 MTA)의 '리더십, 기업가정신, 혁신에 관한 전공(Leadership, Entrepreneurship and Innovation; 이하 LEINN)' 과정 학생(LEINNer; 이하 레이너)들이다.[1]

그들은 왜 고창 시내 한복판에 남겨진 것일까? 사실 만난 지 며칠 되지도 않은, 아직은 어색하고 서먹한 '팀'에게 주어

---

1) 이들은 학생이지만 '팀프러너'라고 불린다. 실행을 통한 학습(Learning by Doing)과 '창조를 통한 팀학습(Team learning by Creating)'을 철학으로 하는 MTA LEINN과정에서 이들은 누군가가 제공해주는 지식에 의존하기보다는 팀으로 함께 다양한 시도와 실패를 경험하며 성장하는 팀 기업가이기 때문이다.

진 도전과제는 적은 자원으로 그 이상의 수익을 창출해야
하는 '스탠퍼드 챌린지'다.

팀 탄생의 위대한 보름[2]

   레이너들에게 고창은 특별한 의미가 있는 곳이다. 사실 정확히 말하면 전북 고창군 해리면에 위치한 '책마을해리'가 그런 장소이다. 4년간 팀으로 공동의 팀 학습과 성장을 이뤄내는 LEINN(레인) 과정의 핵심, 바로 팀을 처음 만나 보름 동안 함께 생활하는 곳이기 때문이다. 고창은 팀이 함께하는 역사가 시작되는, 팀 탄생의 장소다.

   MTA(몬드라곤팀아카데미)과정 4년제 학사학위 LEINN은 팀을 기반으로 비즈니스 프로젝트를 수행하며 학습하고 성장하는 과정이다. 스페인 몬드라곤대학 과정이지만 실제로는 전 세계 곳곳에 위치한 혁신실험실 "랩(lab)"에서 진행된다. LEINN SEOUL(레인 서울)은 서울을 베이스캠프로 활동하는 LEINN 과정으로, 기본적인 LEINN 과정의 커리큘럼

---

2) '팀 탄생의 위대한 보름'은 2021년 초가을 해리를 거쳐갔던 LEINN SEOUL 2기
   가 직접 쓴 책의 이름이다. '함께살기'를 경험한 레이너들의 생생한 이야기를 들
   여다보고 싶다면 꼭 읽어보시길.

을 따르면서도 한국의 고유한 맥락을 반영하여 운영된다. 아마 그 고유한 프로그램 중 가장 주목할만한 것이 전북 고창군 책마을해리에서의 '함께살기' 프로그램일 것이다. 이 '함께살기'는 4년 간의 LEINN 과정의 첫 시작이다. 즉, 모든 LEINN SEOUL의 입학생들은 서울이 아니라 이 곳에서 서로를 처음 만나게 된다. 그리고 약 2주간 책마을해리에서 숙식하며 서로를 알아가고 팀을 탄생시키는 초기 팀빌딩의 과정을 거친다.

LEINN SEOUL이 설립되던 해부터 기획되어 진행되고 있는 이 프로그램은 한국의 사회문화적 환경에서 LEINN을 처음 만나는 레이너들을 고려하여 설계되었다. 대부분의 청소년들은 12년의 초, 중, 고등학교 기간, 그리고 최근에는 유아기에조차 경쟁적인 교육환경에서 누구보다 '더 잘' 하기 위해 치열하게 공부해야 한다. 일반적인 공교육 시스템에서는 누구나 이러한 경쟁과 성과 중심의 교육환경에 노출될 수 밖에 없고, 공동체와 협업을 경험하고 호혜와 연대를 실천할 수 있는 기회는 적다.

그러나 팀을 기반으로 학습이 이루어지는 LEINN은 그러한 한국의 교육환경과 정반대의 가치로 움직인다. 팀에서는 혼자 좋은 성과를 내더라도 그것이 온전히 개인의 결과로만 귀속되지 않는다. 팀과 팀코치가 서로를 평가하며 팀 전체의 평가와 개인의 평가가 비율에 따라 반영된다. 즉, 학습을 어려워하는 팀원을 두고 나 혼자 잘 한다고 그리 이득이 되지 않는 시스템이다. 결국 팀원 모두가 자신 뿐 아니라 서로의 성장과 성과를 위해 함께 노력하게 된다.

책마을해리에서의 함께살기는 치열한 경쟁시스템에 익숙한 자신의 관점을 벗어내는(unlearning) 동시에, '공동체로서 팀'을 탄생시키고 받아들이기(learn) 위한 적응의 시간이다. 또한 '팀기업가정신'을 함양하기 위해 구성된 LEINN의 여러 요소들을 맛볼 수 있는 시간이기도 하다. 그래서 책마을해리에서의 '함께살기'는 다양한 기획의도를 품고 설계된다. LEINN의 팀은 개인이 스스로를 꽃피우는 장(場)이기도 하므로, 함께살기의 시작은 팀의 일부가 될 개개인의 삶을 공유하고 이해하는 시간으로 채워진다. 그리고 LEINN의 교육철학, 가치, 팀의 의미를 이해하고 팀으로 함께하기 위해 필요한 기본적인 태도를 습득하게 된다. 서로에 대한 이해를 기반으로 팀빌딩이 무르익어 갈 때쯤, 책마을해리 또는 고창이라는 낯선 공간과 지역에서 기업가정신을 발휘해보는 미니 프로젝트를 수행한다. 그리고 마지막으로 대망의 '팀 탄생(Birthgiving)' 과정이 진행된다. 팀 탄생의 과정은 오로지 레이너들에 의해 진행되며, 팀 이름, 팀의 상징물, 팀의 미션, 비전, 가치 등에 대해 함께 논의하여 결정한다. 이 과정은 대체로 난산(難産)이다. 그러나 마치 세상에 태어난 아이가 태명이 아닌 평생 쓸 이름을 갖게 되듯, 레이너들도 'LEINN SEOUL ○○기수'가 아닌 팀의 정식 이름을 가지고 책마을 해리를 떠나게 된다.

여긴 어디? 우린 누구?

2022년 8월에 진행된 LEINN SEOUL 3기의 함께살기에서는 이상의 기본프로그램에 더하여 다양한 경험들이 추가되었다. 그 중 하나가 고창 읍내에서의 '스탠퍼드 챌린지'이다. 난생 처음 가보는 낯선 장소에서 네 시간 동안 돈을 벌어보라니, 그것도 만난 지 며칠 안 된 팀원들과 말이다. 낯선 도시에서 막막한 도전과제를 풀어가기 위해서는 팀의 협력이 필수적이다. 이전까지는 서로 조금 서먹했을지라도, 공동의 문제 앞에서는 머리를 맞댈 수밖에 없다. 그런 의미에서 신생팀에게 꽤 어려운 시도를 제안하는 것은 본격적인 팀 빌딩의 시작을 의미하는 것이기도 하다.

스탠퍼드 챌린지는 다양한 맥락에서 활용될 수 있지만, 알면 알수록 MTA의 '창조를 통한 팀학습'과 '기업가정신, 리더십, 혁신'이라는 정신에 어울리는 짧지만, 임팩트 있는 시도다. 턱없이 부족하게 느껴지는 자본금과 짧은 기간이라는 한정된 자원을 가지고 돈을 벌어야 한다면 새로운 아이디어와 빠른 실행이 필요하기 때문이다. 사실 처음 스탠퍼드 챌린지가 미국 스탠퍼드대학교에서 '5달러 챌린지'라는 이름으로 탄생했을 때는 팀이 아니라 개인에게 주어지는 과제였다고 한다. MTA에서는 제한적 상황에서 빠른 시도를 촉진하는 기업가정신을 경험하기 위한 방법론으로 사용되지만, 과제를 수행하는 과정에서 팀 빌딩에도 상당한 효과가 있다는 것을 느낄 수 있었다. 상황을 주도하는 리더십과 새로운 아이디어들은 개인에게서도 발휘될 수 있는 역량이다. 그러나 여럿이 함께 팀으로 도전할 때 더 풍성하고 다양한 아이디어와 시도들이 가능하고, 그 과정에서 팀원들 간의 자연스러운 소통과 합의, 공동의 실행을 통한 공동의 경험이 쌓이며 팀 학습이 일어나는 것이다. 그리고 이 과정에서 팀 구성원 각자의 특성과 역량을 발견할 수 있다. 팀원에 대한 이해를 높이는 측면에서도 스탠퍼드 챌린지는 분명 유용하다.

사실 MTA LEINN 과정에서 개인과 팀에게 주어지는 수많은 도전과제와 어려움은 그리 만만하지 않다. '비범한 한 명보다 평범한 여럿이 팀으로 창조해내는 변화'를 가치 있게 여기지만, 이 과정은 끊임없는 대화와 합의, 서로에 대한 이해와 부단한 실행을 요구한다. 경쟁적인 사회 속 더 경쟁적인 교육환경에서 성장한 한국의 청년들에게 이 자체가 엄청난 도전이다. 실제로 LEINN 과정의 많은 팀 기업가들은 개개인으로 만나 팀이 되어가는 과정에서 자신의 새로운 면을 발견하며 고뇌에 빠지거나 내적 갈등을 겪으며 괴로워하기도 한다. 그러나 결국 시간이 지나면 팀으로 능숙하게 대화하고 스스로 성찰하는 힘을 가진 팀 기업가로 성장한다.

한국의 아쇼카펠로 중 한 명인 '세상을품은아이들'의 설립자 명성진 목사는 '태초에 모든 인간은 팀 기업가였다'라고 이야기한다. 즉, 모든 인간은 혼자서는 생존할 수 없는 동물로서 공동체를 이루고 협력을 통해 자연에 맞서며 문명을 발전시켜 왔다는 것이다. 고도화된 자본주의 시장경제 속에서 각자도생이 당연시되는 문화와 시스템이 팽배하지만, 우리는 여전히 타인과 함께하는 삶의 가치를 지켜갈 필요가 있다. 공동체가 해체되고 개인들이 고립된 사회의 속살들이 어떠한지 우리는 이미 너무 잘 알고 있다.

어찌 보면 우리의 삶은 타인과 함께하는 거대한 '5달러 챌린지'가 아닐까 싶다. 갓 태어난 인간이 할 수 있는 일은 거의 없다. 나약한 인간이 생존할 수 있도록 만드는 힘은 현실의 제약을 극복하여 더 나은 삶의 환경을 만들려는 도전정신과 성장의 욕구, 그리고 그것을 함께하는 공동체로부터 나온다. 조금 더 힘주어 말하자면 우리가 어디에서나 팀으로 살아가고 팀이 필요한 존재임을 인식할 때, 팀 기업가정신은 보다 널리 사용될 수 있는 보편적인 개념이 될 수 있을 것이다. 이러한 팀 기업가정신을 누구보다 진하게 경험할 용기 있는 LEINN과정의 팀 기업가들에게, 갑작스럽게 던져진 스탠퍼드 챌린지는 과연 어떤 의미였을까? 이제부터 그들의 이야기를 들어보자.

SNS가 밥 먹여주니? 네!

— LEINN SEOUL 3기 'SNS팀'(메리, 테오, 율리, 도라)

어렸을 적 핸드폰을 붙잡고 게임하고 있으면, 대부분의 부모님은 "게임을 하면 누가 밥 먹여주니?"라는 말을 던지곤 했다. 누군가 이 팀에게 "SNS가 밥 먹여주니?"라고 물으면, 당당하게 '그럼요'라고 대답할 수 있다. SNS로 밥 두 끼는 든든히 먹을 돈을 번 이 팀은 메리, 테오, 율리, 도라로 이루어졌다.

일정 금액을 가지고 정해진 시간 안에 돈을 불려와야 하는 스탠퍼드 챌린지. 이 미션을 받고, 처음에는 팀원 모두가 어떻게 돈을 벌어야 할지 몰라 당황했다. 우여곡절을 겪으며 MZ세대라는 이름에 걸맞게 SNS로 독보적 최고 수익을 번 SNS팀의 이야기가 궁금해진다.

두드려도 문은 가끔 안 열린다

스탠퍼드 챌린지 설명이 끝나고, 이제 흩어지라는 코치의 말을 듣자마자 다른 팀들은 바쁘게 걸음을 재촉했다. 반면에 이 팀은 무작정 움직이기보다 정자에 앉아서 아이디어 발산하는 시간을 가졌다. 무엇으로, 어떻게 돈을 벌 수 있을지, 팀원마다 가지고 있는 생각과 아이디어가 다를 것 같았기 때문이다.

심지어 다른 팀보다 구성원 1명이 더 많은 상황이라 1인당 만 원씩 지급되는 자본금이 다른 팀보다 많은 4만 원이었다. 그렇다고 여유로운 건 아니었다. 이 돈으로 점심을 해결하고, 돈까지 늘려와야 한다니, 팀은 주어진 현실을 부정했다. 그들은 난생처음 접하는 과제 앞에서 당황스러워했다.

빠르게 현실로 돌아와서, 돈을 벌 방법은 무엇이 있을지 계속 고민했다. 단기 아르바이트부터 물건 판매, 배달, 홍보 마케팅, 주식 등 현재 생각나는 아이디어를 모두 이야기했다. 밑져야 본전! SNS팀은 나온 아이디어들을 행동으로 옮기고자 했다.

가장 먼저 배달 애플리케이션을 다운받았다. 배달비를 벌어볼 요량이었다. 걸어서 배달할 수 있는 음식점이 있는지 검색해 보았으나 고창은 배달할 수 있는 지역이 아니라고 떴다. 전국 어디든 배달한다는 말은 거짓이었다. 도라가 요즘 유행하는 캐릭터 빵을 사서 당근마켓에 팔아보자는 의견을 내기도 했다. 유행하는 캐릭터빵 속에는 랜덤 스티커가 들어있는데, 희귀한 스티커의 경우에는 프리미엄이 붙은 값에 거래가 되기 때문이다. 현재 위치를 고창으로 설정을 바꾸고, 당근마켓에 들어가 보았으나 중고 거래가 활발한 편이 아니었다. 초등학교 종소리를 듣고 오프라인 판매를 꿈꿔보았지만, 인기 폭발의 캐릭터 빵을 구할 수조차 없었다. 메리의 파워 블로거 경력을 활용하여, 고창군 관광안내소에 고창 문화재 관련 포스팅으로 홍보 마케팅을 진행하고 싶다고 문의했지만 어려울 것 같다고 답이 돌아왔다. 음식점과 카페에 전화하여 단기 알바를 구해보기도 했다. SNS 팀 구성원들은 모두 아르바이트 경험이 출중했기 때문에 이번에는 성공하지 않을까, 은연중 기대를 품었다. 메리가 대표로 전화하기로 하고, 율리, 도라, 테오는 지도 애플리케이션에 인기순으로 뜨는 음식점과 카페 중에서 휴일이 아닌 곳으로 리스트를 뽑아주었다. 그러나 결과는 또 거절이었다.

두드려도 문은 가끔 안 열릴 때가 있다. 처음 거절당했을 때는 세상이 무너지는 것만 같았으나 계속된 거절에 팀원 모두가 익숙해졌고, 거절에 대한 두려움이 사라졌다. 지금까지 나온 아이디어 중 행동할 수 있는 건 모두 실천으로 옮긴 것 같은데 막상 결과로 나타나는 것은 없으니 답답했다. 이 상황에서 계속 정자에 앉아있다고 해도 더 이상 아이디어가 떠오를 것 같지 않다. SNS팀은 움직이기 시작했다.

이동하는 중에도 SNS팀의 시도는 멈추지 않았다. 테오가 길에 버려져 있는 쓰레기를 보고 무단투기 관련 포상금을 떠올렸다. 팀원 모두 가던 길을 멈춰서 쓰레기 무단투기 신고 포상금제나 경찰서에서 진행하는 신고 포상금은 무엇이 있는지 검색해보았으나 터무니없었다. 근처 전통시장으로 이동하기 전에 인력 사무소를 방문하였다. 문은 열려 있었지만, 사장님이 자리에 안 계셨다. 전화해보니 일거리가 생기면 다시 전화를 주신다고 하셨다.

따르릉. 따르릉.

드디어 돈을 벌 수 있는 걸까? 다른 인력사무소 가던 길에 전화 주신다던 인력 사무소장님으로부터 전화가 걸려 왔다. 기대를 품고 메리가 전화를 받았다. 스피커폰으로 돌려서 팀원 모두가 통화내용을 같이 들었는데, 알고 보니 어떤 학생들인지, 현재 무슨 프로젝트를 하길래 일자리를 찾는지 궁금해서 전화를 거신 것이었다. 인력 사무소장님의 희망고문을 뒤로하고, 다른 인력 사무소에 찾아갔다. 똑똑, 노크 후 문을 당겨보았지만, 아예 잠겨 있었다.

고창에 있는 인력사무소는 총 세 곳. 그중에서 두 곳이나 방문해봤지만, 결과는 그다지 좋지 않았다. 다른 한 곳에는 전화를 걸었다. 연결은 닿았으나 현재 일할 수 있는 자리는 없다고 답해주셨다.

'열 번 찍어 안 넘어가는 나무 없다.' 아무리 어려운 일이라도 노력하면 못 이룰 게 없다는 뜻을 가진 속담이다. 도대체 나무는 언제 넘어가고, 문은 언제쯤 열릴까? SNS팀은 궁금해했다. 어떻게 해야 돈을 벌 수 있을지 실마리도 보이지 않는다. 아마 팀과 함께하는 게 아니라 혼자였다면 이쯤에서 포기하고 저녁에 라면이나 먹지 않았을까?

혼자가 아니라는 것은 생각보다 많은 위안을 주었다. 낯가림 심한 팀원들이지만 새로운 곳에 문을 두드릴 수 있었다. 실패해도 덜 낙담할 수 있었다. 새로운 시도와 거절을 두려워하는 사람들이 모였음에도 불구하고 혼자가 아니었기 때문에 행동으로 실천할 수 있었다.

유레카! 복분자

지금까지 행동했던 것 중 가장 가능성 있어 보이던 '인력사무소' 아이디어에서 얼른 빠져나와야 했다. 그들은 다시 고창 전통시장으로 발걸음을 돌렸다. 해리에 들어오기 얼마 전, 메리가 밥을 먹었다는 식당부터 찾아가 보았다. 사장님에게 소일거리라도 할 수 있는지 여쭤보았지만, 웃으면서 거절하셨다. 하하하…. 도저히 웃음이 나오지 않는 상황이다.

시간은 흐르고 있는데 지금까지 정해진 것은 없고, 점심을 먹지 못해서 배는 고프고, 여기에 날씨까지 더우니까 스트레스를 안 받으려야 안 받을 수가 없었다. 팀 분위기도 코치에게 미션 설명을 듣는 초반과는 굉장히 다른 것을 느낄 수 있었다. 팀원들 모두가 지쳤다 보니 분위기도 많이 가라앉은 것이다. 또한 한정된 공간에서, 정해진 금액을 가지고 돈을 불릴 수 있는 아이디어를 계속 생각하다 보니 더 이상 팀 안에서는 답이 나오지 않을 것 같았다.

새로운 방식으로 접근하다 보면 좋은 아이디어가 나오지 않을까 싶어 주변 지인들에게 전화를 돌리기 시작했다. 시장 밖에서 각자 흩어져 가족에게도 전화해보고, 아이디어가 많은 친구, 레인 2기 재학생, 고등학교 선생님 등 여러 사람에게 연락을 시도했다. 먼저, 스탠퍼드 챌린지가 무엇인지 설명하고, 현재 팀 상황을 말하며 아이디어를 구해보려 했다. 각자가 가지고 있는 모든 것을 활용한 셈이다. 전화를 마치고 모여서 지인들에게 받은 아이디어를 모아서 공유해보니 다 비슷한 생각들이라 놀랐다. 심지어는 우리가 이미 행동했던 것들도 아이디어로 줬다고 한다.

메리의 전화 너머로 지역의 특산물에 대한 내용이 들리자 율리가 이렇게 말했다. "고창의 특산물을 지인들에게 판매해보는 건 어때?" 나쁘지 않은 아이디어다. 아니, 좋았다! 조금 전에 고창 재래시장을 지나왔기 때문에 더욱 와닿는 아이디어다.

앞이 보이지 않을 정도로 막막했던 스탠퍼드 챌린지의 길이 갑자기 보이는 느낌이 든다. 옥수수, 감자, 복분자, 수박 그리고 복숭아까지 고창에는 여러 가지 특산물이 있었다.

그중에서도 사람들이 좋아하면서도, 직접 운반하기 쉬운 복분자를 활용하기로 했다.

본격적으로 판매를 하기에 앞서, 인터넷에서 복분자 원액이 얼마에 팔리고 있는지 검색해보았다. 그리고 가위바위보를 통해 메리와 율리, 도라와 테오로 팀을 나누어 마트와 전통시장에 있는 복분자 가격을 조사해오기로 했다. 빠르게 옆 마트에서 시장조사를 마치고 돌아온 메리와 율리는 마트에서 파는 것이 공장에서 생산된 느낌이라 인터넷에서 파는 거랑 큰 차이가 없다며, 우리 지인들에게 판매하면 큰 메리트가 없다는 의견을 냈다.

결론적으로 시장 내에서 복분자를 구해야 했기에 도라와 테오는 막중한 책임감을 느끼고 고창 전통시장에 들어갔다. 열심히 뛰어다녔지만, 막상 복분자를 메인으로 판매하는 가게가 보이지 않았다. 메리와 율리까지 합류하여 시장을 돌아다녔는데도 복분자는 보이지 않았다. 계속 뛰다 지쳐, 거우 눈앞에 보이는 젓갈 집 사장님에게 다가가 말을 걸었다.

"혹시 여기 복분자 파는 곳은 없을까요?"

젓갈 집 사장님이 마침 자기 친구가 시장 근처에서 복분자를 판매하고 있다고 말씀해주셨다. 원한다면 복분자를 판매하고 있는 친구분과 연결해주겠다 하셨다. 통화하여 복분자의 가격도 알려주셨다. 그뿐만 아니라 예쁘게 생겼다며 원

가(3만 5천 원)보다 5천 원 할인한 금액인 3만 원에 팔겠다고
하셨다.

팀이 현재 가진 돈은 4만 원. 이 돈으로는 당장 복분자를
구매할 수 없었다. 그 대신 복분자를 얼마에 살 수 있는지
알게 되었다. 우리는 다시 연락드리겠다고 답하고 시장을
나와 누구에게, 얼마나, 어떻게 팔지 이야기를 나눠야 했다.

SNS는 돈이 된다

스탠퍼드 챌린지 윤곽이 잡힌 건 점심시간이 지난 후였
다. 1시가 다 되도록 점심을 먹지 못해서 배가 고팠지만, 밥
이 넘어갈 만한 상황은 아니었다. 전략을 짜기 위해 카페로
들어갔다. 시원한 카페의 에어컨 바람을 맞으며 커피 한 모
금을 마시니 팀원들은 똑같이 말했다.

"아, 드디어 살 것 같다."

복분자 원액을 얼마에 팔지 가격을 정하고, 구글 폼을 활
용하여 구매자의 정보를 받기로 했다. 이후 역할 분배에 대
해서는 말을 나누지도 않았는데 자신이 잘할 수 있는 역할
을 맡아 알아서 진행했다.

구글 폼은 메리가 만들었고, 도라와 율리는 복분자의 효
능, 고창 복분자가 유명한 이유 등 전반적인 자료를 찾았다.
테오는 모인 자료들이 구글 폼에 들어갈 수 있게끔 다시 한

번 글로 정리했다. 구글 폼이 완성됨과 동시에 각자 SNS에 홍보 게시물을 업로드하고, 지인들에게 연락을 돌렸다. 전화, 문자 가릴 것 없이 각자가 할 수 있는 최선을 다했다. 가족은 물론이고, 연락을 가끔 하는 친구들에게도 복분자를 판매하게 된 이야기를 꺼냈다. 심지어는 복분자를 별로 좋아하지 않는다고 말해준 친구에게 고창 복분자의 효능을 설명해주며 판매했다.

사장님에게는 원가보다 5천 원 할인된 금액에 살 수 있었기 때문에 판매 금액은 원가였던 3만 5천 원으로 측정했다. 결과적으로 한 병당 5천 원의 이익을 볼 수 있었다. 열심히 각자 영업하는 동안, 약 한 시간 정도 설문지를 열어 뒀다. 그 사이 복분자 원액 총 14병 신청이 들어왔다. 한 시간 안에 매출 53만 원을 달성한 것이다. 복분자 값과 기본자금 4만 원을 제외하면 총 8만 원의 순수익을 낼 수 있었다.

그동안 우리는 왜 시간과 공간에 얽매여 있었을까? 생각해보면 사람은 고창에만 있는 것이 아니라 전 세계 방방곡곡에 있는데 말이다. 전 세계 사람들의 시간도 동일하게 흘러가고 있다. SNS팀은 온라인을 통해 행동 범위를 확장시켰다. 다양한 사람들과 함께 소통할 수 있는 창구, SNS를 활용하며 다양한 고객층을 확보했다. 현재 공간을 뛰어넘어 생각한 것이다. 또한 물건을 유통하는 방식으로 고객들에게 공간을 뛰어넘는 가치를 제공했다. 스탠퍼드 챌린지 시작할 때 팀에게 주어진 건 기본자금 4만 원뿐이라고 생각했는데 돌이켜보면 이미 손에 쥐어진 도구는 다양했다.

깜짝 카메라

돈을 벌었다는 기쁨에 취한 것인지 팀 분위기가 확 달라졌다. 스탠퍼드 챌린지 미션을 받고 초반에 으쌰으쌰 하던 팀 분위기를 뛰어넘을 수 있을 정도였다. 덥고, 배고프고, 되는 것이 하나도 없어서 스트레스를 받았던 몇 시간 전, 팀원 모두가 계속되는 거절 때문에 절망에 빠졌던 기억까지 싹 다 잊어버렸다.

밥을 먹지 않아도 배부르다는 느낌이 이런 것일까? 분명 점심을 건너뛰었는데 팀원 모두가 한 번씩 "아~ 배불러"라고 외쳤다. 이들의 입꼬리는 귀에 걸려서 내려올 생각을 안 했다. 챌린지 마감 시간 전에 이들은 깜짝 카메라를 기획하기 시작했다. 다 모이기 전까지 팀별로 스탠퍼드 챌린지의 과정과 결과가 어땠는지 알 수 없기 때문이다.

SNS팀은 최종으로 다 같이 모이기로 한 장소에 가장 먼저 도착했다. 코치들이 스탠퍼드 챌린지로 어떤 걸 했는지 물어봐도 비밀이라고 답했다. 다른 팀까지 모였을 때, 팀은 처음에 여러 가지 도전했는데 다 실패하여 결국 밥 먹는 데 돈을 다 써버렸다고 연기했다. 처음에는 거짓말하는 거 아니냐며 의심받았는데 너무 슬픈 목소리로 말을 한 것 때문인지 모두가 속았다. 정작 얼굴에 쓰고 있던 마스크 안에서는 팀원 모두가 웃고 있었는데 말이다.

팀별로 정산 시간 때가 되어서야 진짜 수입을 공유했고, 모두에게 대반전을 주었다.

SNS팀은 정말 많은 실패와 성공을 경험했다. 이 팀의 골든 미스테이크[3]는 '포기'였다. 실패했을 때 빠르게 포기하고 새로운 시도로 나아가는 경험은 SNS팀에게 성공의 밑거름이 되었다. 진득하게 물고 늘어지는 것도 좋지만, 때론 빠르게 포기하고 새로운 방향을 찾을 필요도 있다.

우리 스탠퍼드 챌린지는 '열정의 결과'

스탠퍼드 챌린지를 마무리하며, 직접 복분자를 판매한 메리, 도라, 테오, 율리가 각자 어떤 생각을 하며 챌린지에 임했을지 살펴보자.

"제 본래 성향에 대한 성찰을 많이 했어요. 지난날에 저는 새로

---

3) 가장 중요했던 실수를 뜻한다. 우연히 성공의 밑거름이 된 실수여도 괜찮고, 완전한 실패를 야기했으나 큰 깨달음을 준 실수여도 괜찮다. 활동에 가장 큰 영향을 줬던 중요한 실수를 골든 미스테이크라고 한다.

운 시도와 도전을 무서워하고, 안정적인 선택지가 있는데 왜? 굳이? 라는 생각을 많이 했던 것 같습니다. 새로운 시도를 하기 전에는 실패할 수도 있다는 불안감에 휩싸여 늘 도망쳤던 저이지만, 이번 스탠포드 챌린지를 통해서는 그 너머에 있는 성취와 배움을 마주할 수 있었어요."

메리가 말한 것처럼 스탠퍼드 챌린지를 통해서는 새로운 시도와 도전을 할 수 있었다. 새로운 것을 두려워하는 성향이 있고, 그동안 안정적인 선택지만 찾아다녔어도 스탠퍼드 챌린지를 하는 동안은 안정적인 것을 생각할 겨를이 없었다. 정해진 시간 안에 돈을 불려야 했기에 각각의 의견이 안정적인지 고민할 여유조차 없다. 자신의 의견이나 아이디어가 있으면 팀과 공유하는 것이 우선이라고 생각했고, 그로 인해 생각을 발산하는 과정이 기억에 남는다.

"팀원들과 정자에 앉아 아이디어를 던지는 것에서 시작하여 무작정 시내를 걷기까지… 챌린지 초반에 저희에게 주어진 선택지가 별로 없다는 생각이 들어서 엄청 막막했어요. 그래도 막막함을 이겨내기 위해 다양한 곳의 문을 두드렸고, 이 과정에서 여러 번 거절을 맛봤습니다. 저는 이 과정이 스탠퍼드 챌린지에서 가장 중요하다고 생각하는데요. 평소의 저라면, 시작하기도 전에 겁을 먹어서 새로운 도전과 시도를 두려워했을 것 같기 때문입니다. 스탠퍼드 챌린지를 통해서 다양한 시도를 경험해보니 이후에도 끊임없이 도전하는 사람이 되고 싶다는 생각이 들었어요.”

도라는 여러 번 거절을 맛보는 과정이 스탠퍼드 챌린지에서 가장 중요하다고 말했다. 거절을 통해 다양한 시도를 경험해볼 수 있었고, ‘도전’이라는 키워드 자체를 전과 다르게 바라보기 시작했다. 이전에는 ‘모든 것이 준비된 상태에서 행동하는 것’을 도전이라고 생각했다면, 스탠퍼드 챌린지 이후에는 ‘무엇이든 겁먹지 말고 일단 해보자’의 마음가짐으로 바뀌었다. 물론 거절당하는 과정에서 좌절이나 슬픈 감정도 느꼈지만, 스스로가 한 단계 성장했다고 받아들였다. 도라가 느낀 바처럼 무엇이든 시작하기도 전에 겁을 먹는 것보다 끊임없이 도전하는 사람이 되어보자.

“저희는 복분자 46만 원어치를 팔아 8만 원의 매출을 올렸어요. 한 병에 5,000원의 마진을 붙여 팔았는데, 제 생각보다 매출이 크진 않았습니다. 네 시간 동안 육체적, 심리적 고통을 겪은 것에 비해 적었다고 생각했기 때문이죠. 하지만 저는 결국 깨달았어요. 평소에 그리 크지 않고 대수롭지 않게 생각했던 5,000원을 벌려고 고생하며 돌아다닌 것이 생각났어요. 특히 저희는 아무것도 정해지지 않은 상황에서 시작해 더 그렇게 느낀 것 같아요. 스탠퍼드 챌린지를 통해 돈의 무게를 다시금 깨달았고, 자기 아이디어로 돈을 벌기가 쉬운 일이 아니라는 것도 다시금 깨달았습니다."

테오가 말한 것처럼 돈 버는 것은 쉬운 일이 아니다. 특히 스탠퍼드 챌린지를 하면서 다시 한번 깨달았다.

"저는 절박함 끝에서 발휘되는 생존의 힘을 느꼈어요. 열심히 발품을 팔았지만, 답이 나오지 않는 상황, 더위, 심리적 압박 등 여러 방면으로 정말 절박하고 고갈된 상황이었는데, 그런 상황이 아니었다면 과연 아이디어를 찾을 수 있었을까 싶어요. 모든 것이 주어진 환경 속에서는 참신한 생각을 할 수 없어요. 이미 모든 것이 있는데 군이 새롭고 혁신적인 것을 찾지 않기 때문이죠. 그래서 이번 챌린지는 안정적인 것을 추구하지만 끊임없이 도전하는 사람이 되길 원하는 저에게 또 한 번 큰 도전이 되었고, 그만큼 배움이 컸던 시간입니다."

다들 율리가 말하는 생존의 힘을 느껴본 경험이 있을까? 지금 이 책을 읽고 있는 분들께 물어보고 싶다. 절박한 상황이 없었다면 아이디어를 발견할 수 있었을지 의문이 들기도 한다. 율리가 말한 것처럼 모든 것이 주어진 상황에서는 새로운 것을 찾으려 하지 않는 사람이 대부분이다. 그러나 절박하고, 고갈된 상황에서도 '포기'라는 선택지가 있었을 텐데 끊임없이 도전했기에 배움으로 이어질 수 있었다.

팀원들이 말한 것처럼 생각의 전환을 주고, 다양한 시도를 통해 혁신적인 것을 찾을 수 있는 스탠퍼드 챌린지. 결과적으로 이 팀은 챌린지를 통해 '정답을 이곳에서만 찾으려고 생각하지 마라'와 '두드려도 가끔 문은 열리지 않는다'는 인사이트를 얻었다. 서로 몸이 떨어져 있어도 연락만 닿으면 활용할 수 있는 매체, SNS의 범위가 굉장히 넓다는 것을 또다시 알게 되었다. 세상을 크게 바라봐야 한다는 것을 몸소 느낄 수 있었던 시간이다. 특히 SNS팀은 새로운 시도와 도전을 하는 것에 겁먹고, 두려움이 있었다는 팀원들이 많았다. 혼자였으면 하지 못할 행동도 팀으로 함께였기에 용기 내 도전해볼 수 있지 않았을까?

SNS팀의 챌린지를 다섯 글자로 정리하자면, '열정의 결과'라고 말할 수 있다. 팀 전체가 정자에 앉아 아이디어를 내는 과정에서부터 가게 방문, 전화 등 행동을 실천하는 데 있어서 주춤했던 팀원들은 없었다. 모두가 열정을 가지고, 스탠퍼드 챌린지에 임했기 때문에 8만 원이라는 수익, 즉 결과를 낼 수 있었다.

우리는 스탠퍼드 챌린지를 하면서 '포기 않는 힘'을 얻었다

우리의 스탠퍼드 챌린지는 '열정의 결과'였다

<인사이트>
- 두드려도 문은 가끔 안 열린다.
- 답을 이곳에서만 찾으려고 생각하지 마라.

<팀 요소>
- 함께라서 용기내어 도전
- 지역에 대한 빠른 분석과 판단으로 만들어진 역할 분배

피리도 불고 비눗방울도 부는 사나이

— LEINN SEOUL 3기 '피리부는사나이팀'(솜, 도비, 가인)

아이들을 이끌고 사라진 동화, 피리 부는 사나이. 피리 부는 사나이는 어린아이들을 이끌고 다니는 모습의 상징이 되었다. 이번 팀은 비눗방울을 불며 '피리 부는 사나이'처럼 초등학생들에게 뜨거운 인기를 누렸다. 고창의 한 초등학교에서 아주 열렬한 사랑을 받으며 매주 나와달라는 부탁까지 받은 이 팀은 솜, 도비, 가인으로 이루어져 있다.

스탠퍼드 챌린지가 당황스럽긴 피리부는사나이팀도 마찬가지였다. 삶과 언제나 맞닿아있는 '돈' 벌기가 이렇게나 어려울 줄이야.

냅다 걷기

모든 팀이 발로 뛰어 행동하며 핸드폰 건강 앱의 걸음 수가 치솟았지만 그중에서도 가장 높은 걸음 수를 기록한 팀이 있다. 그날 밤 다리가 부었다며 고통을 호소한 팀원도 있었다. 낯선 곳, 그것도 낯선 시골의 읍내에서 돈을 벌어오려면 우선 움직여야 했다. 어디에 뭐가 있는지도 모르고 누가 어디에 있는지도 모르는 상태였기 때문에 무엇이라도 알아내기 위한 움직임이었다.

팀은 사거리를 기점으로 활용할 수 있는 자원이 무엇인지 나열했다. 초등학교와 고등학교, 군청이 가장 큰 자원이었다. 고등학교에 외부 음식을 몰래 배달해주고 돈을 받자, 군청에서 직원을 대상으로 심부름하자, 학교 앞에서 물건을 팔자 등 자원 중심의 많은 아이디어가 나왔다. 하지만 딱 마음에 들어맞는 아이디어가 없었다. 결국 팀은 다시 또 걸었다. 무엇이라도 알아내기 위한 걸음보다 그저 정체되지 않기 위한 걸음이었다. 그때의 심정에 대해 솜은 이렇게 회상한다.

"가만히 있으면 막막함이 커질 것 같았어요."

가만히 앉아있으니 비트코인을 시작하는 방법 말고는 답이 없어 보였다. 가만히 앉아 이야기를 나누는 전략회의가 필요할 때도 있지만, 모든 시작에 완벽한 전략을 짤 수 없다. 무언가를 실행하기 위해 자원이 준비된 상황보다 그렇지 않은 상황이 더 많다. 자원이 충분하지 않은 것보다 가라앉은 분위기가 팀을 지배하는 것이 더 절망적이다. 팀의 분위기가 가라앉는 것은 곧 의지와 연결된다. 의지가 없다면 시도할 수 없다. 그건 행동하지 않겠다는 뜻이다. 그래서 이

팀은 걸었다.

중간에 딴 길로 새기도 했다. 1등을 많이 배출했는지 자신만만해 보이는 현수막에 이끌려 복권가게에 들어가 5천 원을 날려 먹었다. 그 5천 원은 팀원 가인이 스탠포트 챌린지전 진행했던 게임의 보너스 상금이었다. 동전으로 긁었을 때 같은 그림이 나오면 돈을 받는 즉석 복권을 샀는데, 긁기 직전에는 5천만 원이라도 당첨될 것 같은 느낌이 든다, 당첨되면 팀에 절반을 기부하겠다며 우스갯소리를 했다. 결국 허공에 돈을 날리며 왜 도박이 불법인지 깨달았다.

그리고 복권가게 바로 옆의 모 생활용품점에 들러서 팀의 마스코트가 된 비눗방울을 발견했다. 심지어 천 원짜리 세트에 네 개가 들어있었다. 하나에 오백 원으로 팔아도 총 이천 원이 되니, 정가의 두 배가 된다. 바로 옆에는 물풍선이 있었다. 몇십 개에 이천 원? 하나에 삼백 원으로 팔아도 몇천 원이 남는다. 학교 앞에서 비눗방울 같은 장난감들과 간식을 팔자는 의견이 나왔다. 참새가 방앗간 지나지 못하듯 초등학생들이 장난감과 먹거리를 지나칠 리가 없었다.

저희 진짜 이상한 사람 아니고요

"근데… 요즘 초등학생들은 뭘 좋아하지?"

도비가 말했다. 미묘한 정적이 흘렀다. 초등학교 앞에서 물건을 팔자고 했지만, 초등학교 졸업한 지 최소 6년은 넘은 사람들이었다. 인스타는 알아도 틱톡은 어려운 세대. 가끔가다 인터넷으로 접하는 MZ세대의 문화에 내가 MZ가 아닌 것 같다고 생각하게 되는 그 세대다. 요즘 초등학생들은 무엇을 좋아하는지, 하교 시간은 언제인지, 또 가격은 어느 정도로 측정해야 할지 고민이 많았다.

팀은 초등학생과 동네 주민을 대상으로 간단한 설문 조사를 하기로 했다. 다른 사람에게 말을 거는 데 큰 거리낌이 없는 솜과 도비가 설문 조사를 진행하는 동안, 꼼꼼한 가인이 다이소에 남아 물건의 가격을 고려하여 가격을 측정해보기로 했다. 피리부는사나이팀은 가장 좋았던 점으로 확실한 역할 분배를 꼽았다. 팀원의 성향이 완전 달랐는데, 그 다름이 상호보완해주는 역할을 했다.

가인이 구매할 비눗방울, 물풍선, 과자를 찾고 비교하는 동안 설문 조사에 나선 솜과 도비는 초등학교 앞 정자에 앉아 계신 어머님들께 다가갔다. 조심스럽게 다가가 묻자 "어디서 오셨는데요?"라며 경계심 120%의 눈빛을 보내셨다. 솜과 도비는 학교 위치와 본교 위치, MTA의 뜻까지 알려드린 뒤에 아이들의 하교 시간과 최애템(최고로 애정하는 아이템)을 알 수 있었다. 아이들의 하교 시작은 1시부터였고 그때의 시각은 12시 20분. 뛰어야 했다. 솜과 도비는 헉헉거리며 가인에게 전화를 걸었다. "1시부터 하고래! 물건 골라서 계산대에 줄 서 있어!" 하늘이 돕는지 가는 길에 깨끗한 박스가 많이 버려져 있었다. 솜과 도비는 박스를 한 개씩 들고 뛰었다. 이건 이제 물건을 놓고 팔 책상과 메뉴판이다.

아이서 두 박스, 키드오 두 봉지, 라면 과자 두 봉지, 물풍선 한 봉지, 비눗방울 두 세트, 보드 마카 한 세트를 샀다. 총 만 원의 자본을 들여 이만 원을 노렸다. 원금 회수하고 만 원 정도는 더 벌어야 하지 않겠는가. 도비는 지폐를 가지고 다닐 아이들을 위해 잔돈을 바꿔오기로 했고 가인은 물풍선을 만들고, 솜은 가판대와 메뉴판을 만들기로 했다.

이제 남은 시간은 20분. 아까 쉼 없이 걷던 팀은 이제 뛰는 팀이 되어 일사불란하게 움직였다. 그런데 아뿔싸! 사고가 발생했다. 모여있는 입구로 물을 넣으면 입구 아래로 연결된 빨대를 통해 하나하나 물을 넣을 필요 없이 20개의 물풍선이 만들어진다는 물풍선은 입구에 꽉 맞게 연결되는 호스가 필요했다. 딱 맞는 호스가 없으면 물이 들어가질 않았다. 주의 깊게 살펴보고 생각했다면 알 수 있는 사실이었는데 부주의했다. 지금 호스를 찾는다고 호스가 나올 리가 있나. 군청 화장실에서 눈치 보며 물풍선 구멍에 수도꼭지를 욱여넣어봤지만 어림도 없다. 결국 촉박한 시간으로 물풍선은 포기했다. 솜과 가인은 완성된 메뉴판과 물품들을 들고 헉헉거리며 초등학교 앞에서 물건을 진열했다.

진열을 끝내자 1시가 되기 3분 전. 4km 넘는 거리의 오락실에서 구한 동전을 쥐고 뛰어온 도비까지 겨우 시간에 맞춰 도착했다. 시간 안에 해냈다는 안도감으로 숨을 고르며 비눗방울로 아이들을 맞이할 준비를 했다. 이게 웬걸. 3분이 지나도, 5분이 지나도, 30분이 지나도 아이들은 하교할 기미가 안 보였다. 여기서 피리부는사나이팀이 말하는 첫 번째 골든 미스테이크가 발견된다.

첫 번째 골든 미스테이크는 사전조사가 잘못되었다는 것이다. 설마가 사람을 잡는다고. 초등학생에게 직접 물어 뒤늦게 알게 된 하교 시간은 2시였다. 5, 6학년은 2시 45분 하교란다. 무려 한 시간 빠른 정보를 접한 것이다. 시간 부족하다며 다수가 아닌 한 명 대상의 사전조사를 진행했던 것이 잘못이었다. 직접적인 고객이 아닌 대상의 설문을 맹신했다. 그 어머님들은 자신이 아는 선의 사실을 알려주었을 것이다. 이건 우리의 부주의였다. 엄청나게 뛰어다녔던 피리부는 사나이팀은 김빠진 마음으로 멍하니 하교 시간을 기다렸다. 여기서 두 번째 골든 미스테이크가 발견된다.

두 번째 골든 미스테이크는 뜬 하교 시간 동안 움직이지 않았다는 것이다. 하교 시간이 두 시라는 사실을 알게 되며 한 시간이 넘게 시간이 빈 상황이었다. 충분히 새로운 행동을 할 수 있었다. 시간 부족으로 포기했던 물풍선을 다시 준비하거나 다시 사전조사를 하여 새로운 물품을 구매하는 등 다양한 활동이 가능했다. 그러나 앞서 많은 에너지를 소비한 팀은 움직이지 않았다. 하교시간이 잘못된 정보였다는 사실을 알게 된 순간, 앞서 경계했던 '가라앉은 분위기'가 팀을 붙잡았다.

불티나게 비눗방울 불기

2시가 되자 추억의 삐리리리 종소리와 함께 아이들이 걸어 나오기 시작했다. 피리부는사나이팀은 "싸다 싸! 하루만 마켓"이라고 적힌 팻말을 들고 비눗방울을 불며 아이들을 현혹했다. 피리 부는 사나이처럼 주변으로 아이들이 바글바글 몰려들었다. 사람이 많으면 궁금해지는 법! 사람은 많을수록 좋다. 아이들을 모으기 위해 돈이 없어서 사지 못하는 친구들은 친구를 데려왔을 때 친구가 물건을 구매하면 아이서를 공짜로 주겠다는 이벤트를 시작했다. 혼자 온 애들에게는 너니까 내가 할인해준다며 백 원씩 깎아 물건을 팔았다. 거의 두 배 뻥튀기 금액으로 물건을 팔고 있는데 "어! 진짜 싸다!"라고 외친 초등학생 친구들로 인하여 양심에 찔리기도 했다. 한 2학년 친구가 개인기를 보여주겠다며 박스 가판대 옆에서 접시돌리기를 시작하자 소박했던 가판대는 완전한 핫플이 되었다.

학원에 가야 한다며 아쉬운 표정으로 맴돌던 아이들이 모두 빠져나가자 피리부는사나이팀은 한숨을 돌릴 수 있었다. 가라앉았던 분위기는 완전히 회복됐다. 판매 과정에서 얻은 쾌감과 성취가 이전의 지침을 휩쓸어갔다. 파도가 지나가고 남은 것은 뿌듯함이었다. 피리부는사나이팀은 걸렀던 점심을 샌드위치로 때우며 재고를 살폈다. 포기한 물풍선도 미완품으로 1,000원에 팔고, 비눗방울은 거의 다 팔렸다. 간식들은 판매가 저조했다. 첫 번째 골든 미스테이크의 영향은 판매에서도 이어졌다. 아이들은 현금보다 카드를 많이 들고 다녔으며, 키드오와 라면 땅은 생각보다 인기가 없었다. 사전조사가 부족했던 실수가 판매율을 저조하게 만들었다.

몇 분 지나지 않아 5, 6학년의 하교로 또 다시 성행을 맞이했다. 하지만 결국 과자는 절반 이상의 재고를 남겼다. 반대로 비눗방울은 없어서 사지 못하고 돌아간 아이가 있었다. 과자 대신 더 많은 비눗방울을 사거나, 아이들이 좋아하는 과자를 알 수 있었다면 좋았겠다는 아쉬움이 남았다.

마지막까지 물건을 팔던 피리부는사나이팀은 챌린지 마감 5분을 남겨두고 모집 장소로 뛰었다. 박스 안에 든 동전과 천 원짜리 지폐는 가벼웠지만, 묵직하게 마음을 울렸다. 얼마를 벌었느냐보다 이 과정에서 얻은 순간들이 그들의 값을 두둑하게 만들었다.

적자다!

고창초등학교의 열풍을 불러온 피리부는사나이팀의 매출은 7천6백 원이었다. 결론적으로 1천 4백원 적자다. 피리부는사나이팀은 스탠퍼드 챌린지를 진행한 팀 중 가장 많은 고객을 만나고 물건을 가장 많이 팔았다. 그런데 왜 적자가 되었을까?

수익이 크게 날 수 없는 구조였기 때문이다. 고객이 초등학생이라 물건 값이 저렴해야 했다. 물건의 평균 가격이 5백 원이었으니 하나를 팔았을 때 순수익이 1백~5백 원이다. 두 배의 가격으로 팔아봤자 손에 떨어지는 건 몇백 원이다. 열 개를 팔아도 1천~5천 원을 번다. 애초에 대량 판매가 아니면 이익을 크게 낼 수 없는 것이다. 고창초등학교 재학생 모두가 하나씩 사줘야 6만 원대의 수익을 낼 수 있다. 건당 오천 원의 수수료를 떼어간 복분자팀과는 대조되는 상황이다.

초등학교에서 물건을 판 것 자체가 좋지 않은 선택지였다면, 고등학교나 군청에서 물건을 판다고 더 높은 수익을 냈을까? 아니다. 동네에서 구입한 물품은 결국 고객도 가까이에서 얻을 수 있으므로 큰 수수료를 받아내는 건 불가능하다. 어디에서나 한정된 시간에 한정된 재화를 갖고 한정된 고객을 대상으로 무언가를 판매했을 때 많은 수익을 얻긴 어려웠을 것이다. 여기서 피리부는사나이팀의 아주 근본적 실수는 한정된 자원에 갇혀 생각한 것임을 알 수 있다.

21세기 정보화 시대 우리는 이 한계를 벗어나기 더 쉬워졌다. 온라인 소통이 편리해진 지금, 활동할 수 있는 범위와 자원은 무궁무진하다. 한정된 고창 읍내의 고객이 아니라 더 먼 거리의 고객을 대상으로 했다면, 마트에서 파는 물품이 아니라 색다른 물품을 다양한 방법으로 판매했다면 어땠을까. 더 넓은 시장에서 수많은 기회가 펼쳐진다. 스탠퍼드 챌린지의 한계는 우리가 정의하고 있었던 것이 아니었을까?

우리 스탠퍼드 챌린지는 '발로 뛰어 봐'

적자지만 뿌듯함을 안고 마무리한 스탠퍼드 챌린지. 피리부는사나이팀에게 이 스탠퍼드 챌린지는, "발로 뛰어 봐"였다. 정말 발로 뛰어다니기도 했고, 몸을 움직이며 경험했던 순간들이었기 때문이다. 피리부는사나이팀의 스탠퍼드 챌린지 기록을 마무리하며, 수고한 팀원들의 한마디를 들어보자.

"실제로 직접 발로 뛰어보니 부족한 것이 너무나 많았고, 극한의 상황까지 밀리다 보니 판단력 또한 흐려지며, 생각의 폭이 좁아지는 것을 느꼈어요. 물론 우리 팀은 적자까지 난 상황을

이었죠. 비록 우리 팀은 스탠퍼드 챌린지의 궁극적인 목표인 돈 벌어오기에 실패했지만, 장사의 과정을 함축적으로 배운 기회였다고 생각해요."

적자 흑자를 떠나 스탠퍼드 챌린지는 도비에게 새로운 깨달음을 가져다줬다. 숫자만으로는 알 수 없는 것들이 있다. 도비가 직접 발로 뛰며 느낀 장사의 과정은 책상에 앉아 들여다보는 문서로 느낄 수 없는 생동감이 있었다. 하지만 제한된 공간, 시간, 자원 안에서 직접 움직이기란 쉽지 않다.

"제가 가장 초조했던 것은 적자가 아니라 팀의 분위기가 가라앉는 것이었어요. 스탠퍼드 챌린지가 끝나고 팀원들이 무척 만족한 기색을 보이자 비로소 안심했죠. 지금 와서 생각해보면 그 초조함이 저를 소극적으로 만들었어요. 가만히 있는 순간 분위기가 가라앉을까 봐 다급하게 움직이고 선택했어요. 학교 앞에서 물건을 팔자고 아이디어를 낸 건 이 방법이 나름대로 안전한 아이디어였기 때문이에요. 팔릴 법한 물건들이었고, 수익이 크진 않아도 즉각적으로 반응이 보이는 형태의 방법이었어요. 어른들보다 쉽게 상호작용할 수 있는 아이들을 대상으로 하니 편한 방법이기도 했어요. 더 과감한 시도를 하지 못한 것이 아쉬워요. 그래도 고창초등학교 앞의 일일마켓이 나름대로 성행할 수 있었던 것은 팀원들이 힘을 합쳤기 때문이죠. 학교 앞에서 박스를 가판대 삼아 다이소 물건 파는 일이 쉽게 경험할 일은 아니잖아요?"

솜은 제한된 상황에서 팀원들이 느낄 압박감을 걱정했다. 하지만 동시에 그 압박감을 이겨내고 나아갈 수 있었던 이유도 팀원들로 꼽는다. 기쁨은 나누면 배가 되고 슬픔은 나누면 반이 된다는 말이 여기에도 적용될 수 있었던 걸까. 팀원들과 함께이기에 솜은 행동할 수 있었다.

"안 된다고 생각하지 마세요. 시도하면 반드시 그에 상응하는 성과가 찾아옵니다. 혹여나 실패하더라도 실패는 성공보다 많은 것을 알려주죠. 가장 중요한 것은 과감한 첫 번째 시도와 능숙한 두 번째 시도예요. 경험한 모든 것을 성장의 요소로 삼으세요. 그리고 자기 자신을 믿으세요. 당신에겐, 우리 모두에겐 안 되는 것도 되게 하는 잠재력이 있어요. 도전함으로써 당신의 잠재력과 마주치는 것이에요."

마지막으로 자신이 얻은 깨달음을 던진 가인이 있다. 가인은 살면서 한 번도 해보지 않은 과정을 겪으며 자기 잠재력을 깨달았다. 어쩌면 우린 우리가 능히 할 수 있는 일을 불가능하다고 말하고 있었을지도 모른다. 해보기 전까지 가능한지 아무도 알 수 없다.

발로 뛴 스탠퍼드 챌린지는 일단 시도하고 보는 '맨땅의 헤딩'이었지만, 보름의 고창에서 얻을 수 있는 최고의 경험이었다. 게임을 하다보면 내가 직접 게임을 플레이해야만 얻을 수 있는 아이템이 있다. 과금을 하려고 해도 구할 수 없는 아이템. 남에게 얻을 수 없고 본인이 직접 세상에서 얻어야 하는 아이템. 스텐포드 챌린지는 피리부는사나이팀에게 그런 아이템 같았다. 직접 겪어보지 않고는 알 수 없는 경험말이다.

우리는 스탠퍼드 챌린지를 하면서 '교환불가템'을 얻었다

우리의 스탠퍼드 챌린지는 '발로 뛰어 봐'였다

<인사이트>
- 눈 앞의 자원에만 집중하면 안 된다.
- 순수익을 생각하지 않으면 많이 팔아도 적자!
- 고객의 니즈를 먼저 파악할 것.
- 일단 뭐라도 움직여보자.

<팀 요소>
- 팀원들 간의 긍정적 에너지 독려
- 역할 분배로 신속한 일 처리 가능
- 수익을 벌어들이지 못했다는 결과보다, 함께했다는 팀경험에 집중!

지금 말고 나중에 일할게요~

— LEINN SEOUL 3기 '반려동물팀'(니아, 벨라, 콜리)

그 누가 서울에서 고창까지 와서 남의 집 반려견 목욕과 산책을 시킬 줄 알았을까? 팀원 모두가 반려견과 함께 살아가던 이 팀은 고창에서도 다른 집 반려견들과 함께했다. 레인의 강형욱들이 모인 이 팀은 니아, 벨라, 콜리로 이루어져 있다.

역대급 칠전팔기를 경험하며 실패와 도전을 반복했던 이 팀은 독특한 방식의 챌린지를 진행했다. 당일 정해진 시간에 챌린지를 진행하지 않고 5일이나 지나서 챌린지를 진행했다. 그것도 스탠퍼드 챌린지로 인정될 수 있는 걸까? 챌린지 5일이나 지나 다른 집 반려견을 목욕시킨 반려동물팀의 이야기가 궁금해진다.

우리는 모두 반려인이다

스탠퍼드 챌린지 미션을 전달받고, 가장 먼저 팀원들의 관심사를 무작정 하나씩 뱉어보았다. 잠자기, 산책하기, 동물, 강아지, 반려견… 반려동물팀 세 명 모두가 반려견을 키우는 사람들이라니. 반려견을 키우는 건 사실 엄청난 특이

점이 아니었다. 반려견과 함께 생활하는 가구가 638만여 가구라고 한다.[4] 강아지를 키우는 사람들을 주변에서 쉽게 볼 수 있다. 팀원들 모두 반려인이고 반려견을 키우는 사람도 이미 많은 상황이라면 반려견과 관련된 활동을 해볼 순 없을까? 활동은 관심에서 시작하는 법, 그들은 반려인이라는 공통점을 활용해서 '반려견 산책 대행 서비스'라는 아이디어를 냈다. 아이디어가 나오고, 고창에서 이루어지고 있는 반려견 관련 서비스를 찾아봤다. 하지만 마땅한 서비스가 없었다. 어쩌면 블루오션에 발을 담갔을지도 모른다. 반려동물팀은 희망찬 마음을 갖고 나아갔다.

당근마켓이라는 핫한 중고거래 애플리케이션을 활용하여 반려견 산책 대행 서비스 구인글을 올렸다. 당근마켓의 승인을 기다리며 강사모(강아지를 사랑하는 모임카페)라는 강아지 관련 정보 공유 커뮤니티에도 반려견 산책 대행 서비스 홍보글을 올렸다. 당연히 글이 승인될 줄 알았던 반려동물팀은 여유롭게 자연 풍경을 느꼈다. 하지만 세상은 호락호락하지 않은 법이다. 모든 글이 승인 거부 당하며 반려동물팀의 산책 대행 서비스는 끝이 나버렸다. 승인 거부 사유는 진행하고자 하는 활동의 의도를 명확하게 파악할 수 없다는

---

4) 동물보호에 대한 국민의식조사(농림축산부, 2020).자료출처:: http://www.
pet-news.or.kr/news/articleView.html?idxno=531

것이었다. 팀 구성원 모두가 반려인이었기에 가장 큰 강점을 발휘할 수 있으리라 생각했다. 회심의 첫 실패는 유독 아프게 다가왔다.

빠른 시도, 빠른 포기

계속해서 아쉬움에 머물러 있을 수 없던 반려동물팀은 마음을 먹고 몸을 움직이기 시작했다. 다행히 자연을 구경하며 마냥 넋 놓고 있었던 것은 아니었다. 몇 가지 예비 아이디어를 갖고 빠르게 행동할 수 있었다.

두 번째 계획은 주변에 있던 도서관에 들어가 사서, 청소 아르바이트를 해보는 것이었다. 하지만 막상 도서관에 들어가니 계획한 것과 다르게 더러움 한 점 없이 깨끗하게 정돈되어 있었다. 한 시간도 채 지나지 않아, 두 번째 실패를 경험했다. 반려동물팀은 그제서야 막막함을 느끼기 시작했다. 매장이 많은 거리에 멈춰 생각해봐도, 주변 거리와 시장을 걸어보며 아이디어를 뱉어보려고 해도, 단기간에 할 수 있는 것은 없어 보였다.

여러 차례의 거절과 더운 날씨의 영향으로 점차 기력을 잃어가던 상황 속 팀에게 에너지를 심어준 벨라의 한마디는 바로 '밥 먹고 할까?'였다. 얼마나 힘들었으면 들어가자마자 말 한마디 없이 밥부터 먹었을까. 허겁지겁 밥을 다 먹고 나니 이런, 스탠퍼드 챌린지 마감시간이 두 시간도 남지 않았다. 배가 든든하게 찬 팀원들은 다시 막막함에 잠겨버렸다. 막막함에서 벗어나게 해준 것은 니아의 제안이었다. "매장 창문 닦아드릴까?" 말이 끝나기도 전에 그들은 사장님께 달려가 스탠퍼드 챌린지에 대한 설명 함께 더러운 매장 창문을 닦아드리겠다는 제안을 드렸다.

다시 거절이었다. 사장님은 음식 배달을 위해 자리를 비워야 하는 상황이어서 오래 붙잡고 있을 수 없었다. 조금만 더 시간이 있었다면 어떻게든 협상할 수 있지 않았을까. 아쉬움이 남는다. 한 손에는 연이어 거절당했다는 속상함과 다른 한 손에는 지쳤다는 마음을 가지고 무겁게 발걸음을 뗐다.

길거리에 구인구직 글을 보면 냉큼 달려가 세 시간 업무가 가능한지 여쭤봤다. 단기도 적당히 단기여야지. 세 시간이라는 요청에 다들 설레설레 고개를 저었다. 슬슬 시도하는 것을 포기하고 남아있는 돈을 지키는 것이 더 나을 수도 있겠다는 생각이 들었다. 잦은 실패에 시도가 조심스러워졌다.

반려동물팀이 포기하지 않을 수 있었던 이유는 팀원 때문이다. 팀원인 니아는 지쳐가는 상황 속에서 긍정적인 마인드로 팀원들을 챙겨주었다. 또한, 시너지가 날 수 있도록 응원했다. 니아로 인해 실패의 과정이 동료애의 거름이 될 수 있었다. 그들은 동료 덕분에 실패의 아쉬움에서 머무르지 않을 수 있었다.

모든 거절의 갈래에서 반려동물팀은 새로운 방향을 고민했다. 일단 더 움직이기로 했다. 이 움직임이 얼마나 버틸 수 있을지 아무도 모르지만 동료가 있는 이상 쉽게 무너지지 않으리.

미래 자원도 자원이다

시간이 지날수록 할 수 있는 것들은 보이지 않고, 해는 더 뜨거워졌다. 반려동물팀이 지쳐가는 가운데, 콜리의 의견이 그들의 스탠퍼드 챌린지를 뒤집어버렸다. "책마을해리! 우리가 해리의 일거리들을 도와드리자! 뭉게와 구름이 산책도 시키고 목욕도 시키자!" 아쉽게 보냈던 그들의 공통 관심사 '반려견'은 콜리의 아이디어를 통해 다시 한번 대두됐다.

책마을해리에서 키우는 반려견 뭉게와 구름이를 직접 산책시키고 목욕해주는 것으로 스탠퍼드 챌린지를 진행해볼 수 있을 것 같다는 생각에 다급히 촌장님께 연락드렸다. 다행히 촌장님의 답변은 긍정적이셨고, 고창에서 책마을해리로 이동해 바로 챌린지를 진행하려고 했다. 하지만 아무런 이동 수단이 없었다. 반려동물팀은 책마을해리에서 고창 읍내까지 이동을 도와주었던 팀코치 존에게 연락했다. 그들은 존의 답장을 애타게 기다렸다.

존을 기다리는 시간에도 주변을 짧게 맴돌며 아르바이트 구인 글들을 찾아다녔다. 얼마 남지 않은 시간에 마음이 급해졌다. 딱 세 시간 정도 일할 수 있는 짜장면집이 있었지만, 당일 휴무였다. 이렇게 된 거 정말 해리, 그 길 하나뿐이었다. 약 6분 만에 존과 만났고, 바로 책마을해리에서 진행하려고 하는 스탠퍼드 챌린지에 대해 전달했다. 그런데 차 안에는 알 수 없는 긴장감과 침묵이 돌았다. 반려동물팀은 침만 꼴깍 삼키면서 존의 답을 기다렸다.

"음… 지금 당장 해리로 가서 스탠퍼드 챌린지를 하기는 어려울 것 같은데?"

지금 당장 진행하기에는 어렵다는 존의 아쉬운 답을 받았다. 고창 읍내에서 해리까지의 거리는 차량으로 30분이다. 우리에게 남은 시간은 얼마 없었다. 챌린지가 끝난 뒤 집합 장소가 고창 읍내인 것을 감안하면 불가능한 시간이다.

처음으로 본 성공의 가능성과 급한 마음이 그들의 시야를 좁혔다. 이동 거리와 소요 시간을 생각하지 못하다니. 반려동물팀은 힘없이 존의 차에서 내렸다. 존이 하나의 힌트를 던져줬다 "촌장님과 약속을 잡고, 이걸 다른 날에 진행한다고 하면 너희가 하는 스탠퍼드 챌린지는 미래가치 판매라고 할 수 있지 않을까?"

존의 한마디는 반려동물팀에게 큰 전환점이 되었다. 우리는 미래가치를 판매하기로 했다. 스탠퍼드 챌린지가 끝난 5일 뒤에 챌린지를 진행하게 된 뒷 사정이다. 우리의 스탠퍼드 챌린지는 무척 짧은 시간 안에 이뤄진다. 그 시간 안에 무언가를 만들어 돈을 벌기란 켤코 쉬운 일이 아니었다. 그렇다면 우리는 다른 시간도 활용하고자 한다. 미래자원도 우리의 자원이다. 우리는 미래가치를 판매했다.

해리와 계약을 맺은 뒤, 반려동물팀은 카페로 향했다. 남은 시간 동안 다른 방법은 없을지 생각해보기로 했다. 고단함 뒤의 휴식은 너무나도 달콤했다. 카페에서 시원한 바람을 맞으니 시간이 하릴없이 흘러갔다. 정신 차리고 보니 집합 시간에 가까웠다. 그들은 남은 모든 시간을 카페에서 보냈다. 카페에서의 시간은 무척 즐거웠으나 아직도 많은 아쉬움이 남는 시간이었다.

약 한 시간이라는 시간은 충분히 다른 시도를 해 볼 수 있는 자원이다. 그런데, 그 시간을 쉬는 시간으로 사용해버렸다. 반려동물팀이 카페에서의 시간을 골든 미스테이크로 뽑는 이유다. 카페에 있는 시간 동안 다른 팀들에게 전화를 걸며 어떤 상황인지 물어보기도 했다. 팀이 멈춰있는 상황을 불편해 하면서도, 마땅히 움직일 엄두가 나지 않아 카페를 벗어날 수 없었다.

우리의 스탠퍼드 챌린지는 끝나지 않았다

그렇게 공식적인 스탠퍼드 챌린지 일정이 마무리되었지만, 이들의 스탠퍼드 챌린지는 끝나지 않았다. 미래가치를 판매했기 때문이다. 반려동물팀은 책마을해리로 돌아와 촌장님, 관장님과 스탠퍼드 챌린지 일정을 조율했다.

우선, 책마을해리의 반려견인 뭉게와 구름이가 산책할 때 어떤 성격인지, 목욕할 때는 어떤 부분을 조심해야 할지 미리 파악해뒀다. 두 마리 다 대형견에 속하는 친구들이라 니아를 제외한 벨라와 콜리는 걱정이 이만저만이 아니었다. 다행히 대형견을 키우고 있는 니아의 빠른 손놀림과 예상과 다르게 얌전했던 뭉게와 구름이 덕분에 손쉽게 아이들 목욕을 마무리할 수 있었다.

뭉게와 구름이 두 마리 모두 중대형견의 크기였기에 산책을 하기 위해서는 사람이 한 명 더 필요했다. 현재 대형견을 키우고 있는 다른 팀원 테오를 섭외해 2인 1조로 돌아가며 산책을 했다. 산책을 하면서 뭉게와 구름이뿐만 아니라 이 스탠퍼드 챌린지를 하고 있는 이 팀 세 명 모두가 힐링을 할 수 있었다.

아무런 생각없이 행복하던 찰나에 잊고 있던 무언가를 챙기러 벨라가 다시 책마을해리로 달려갔다. 그것은 바로 아이들 배변 봉투였다. 반려인이라면 가장 기본적으로 챙기고 나가야 하는 아이템인데 목욕시키고 나가느라 완전히 잊고 있었던 것이다. 아무런 봉투도 없는 상황에서 산책을 하던 중간에 배변을 해서 모두가 어찌할 줄 몰라 했고 급한 대로 벨라가 뛰어서 가져온 것이었다. "그렇게 큰 똥은 살면서 처음이었어." 벨라의 대형견 배변 처리 후기였다.

한바탕 전쟁을 치르고 난 후 책마을해리로 돌아왔다. 아직 약속한 세 시간 중 40분이 남았기에 남은 시간은 책마을해리 마당에서 뛰어놀고 뭉게와 구름이 사진을 찍어주기로 했다. 다른 친구들이 점심을 다 먹고 여유롭게 휴식을 취하고 있을 시간에 반려동물팀은 스탠퍼드 챌린지를 하고 있으니 "아직 우리의 스탠퍼드 챌린지가 끝나지 않았구나"를 한 번 더 인지했다. 그럼에도 불구하고 반려동물팀에게 세 시간은 힐링과 색다른 챌린지로 기억에 오래 남았다.

우리의 스탠퍼드 챌린지는 '칠전팔기'였다

반려동물팀은 수없이 많은 시도와 포기를 했지만, 팀원들 서로서로가 있었기에 챌린지를 끝까지 마무리할 수 있었다. 이 팀이 스탠퍼드 챌린지를 하기 위해 시도했던 모든 것들을 펼쳐보면 시도만 총 일곱 번이다. 반려동물팀이 이 이름으로 불릴 수 있었던 것은 일곱 번 시도 후 여덟 번째 순간에 책마을해리에서 반려견을 주제로 스탠퍼드 챌린지를 시도할 수 있었기 때문이다. 그들의 스탠퍼드 챌린지를 다음과 같이 정리할 수 있다고 한다. "우리의 스탠퍼드 챌린지는 칠전팔기다"라고 말이다. 스탠퍼드 챌린지를 마무리한 반려동물팀은 스탠퍼드 챌린지에 대해 이렇게 말한다.

"시도 자체에 의미를 찾으며 좌절하지 않고 쉼 없는 시도를 연결했던 저와 우리 팀원들의 모습이 기특했어요. 여러 번 다양하게 거절을 당하다 결국 해리와 일손 체결을 했을 때 정말 뿌듯했고 속이 풀리는 기분이 들었어요. 만약 이 챌린지를 저 혼자서 진행했더라면 낯선 사람에게 말 거는 게 더 어려웠을 거예요. 거절을 당하고 느껴지는 속상한 마음이 번아웃으로 이어졌을 수도 있었을 것 같아요. 함께하는 팀원들이 있었기 때문에 책임에 대한 부담도, 역할의 양도 1/3씩 나눠 가질 수 있었어요. 마찬가지로 잘 안되더라도 금방 다시 일어설 수 있었고 빠르게 방향전환을 할 수 있었어요."

니아가 말한 '빠르게 방향전환을 할 수 있다'는 부분은 아마 스탠퍼드 챌린지를 진행한 열 명의 친구들 모두가 느낀 부분이지 않을까? 수많은 시도와 거절이 반복되는 과정 속에서 금세 다시 일어나는 것이 쉬운 일은 아니다. 충분히 힘들다면 포기하고 싶은 마음도 커질 텐데, 그들은 팀 동료와 함께하면서 서로가 서로에게 시너지를 얻으며 무사히 이겨냈다.

"저는 레인 입학과정에서도 이번 챌린지처럼 단기간에 수익을 만들어야 했던 적이 있었어요. 그때도 제 주변 사람들의 도움을 받아 챌린지를 진행했는데, 이번에도 우리 팀에 대해 어느 정도 알고 있는 분들을 통해 저에게 주어진 상황들을 해결했어요. 언제까지 주변의 힘으로 해결할까? 라는 질문을 스스로에게 함과 동시에 주변을 잘 끌어들이는 힘도 중요하지 않을까? 라는 생각을 하게 되었어요. 개인 역량의 폭에 대해서도 고민할 수 있었던 스탠퍼드 챌린지였어요."

팀으로 함께하다 보면 콜리처럼 자연스레 스스로에게 질문을 던져보게 된다. 콜리는 이번 스탠퍼드 챌린지를 이후 개인의 역량에 대해 생각해보는 시간을 가졌다고 한다. 어떻게 보면 스탠퍼드 챌린지를 하기 위해서는 협력자가 필요하다. 다만, 그 협력자가 지인이 된다면 과연 그것을 제대로 된 협업이라고 할 수 있을까, 하는 고민이 들기도 한다. 스탠퍼드 챌린지를 통해서 스스로에게 질문을 던져본 콜리처럼 독자들도 스스로에게 질문을 던져보면 좋겠다. '나는 팀 속에서 어떤 상태이지?'라는 질문을 가볍게 던져보자.

"지금까지 저는 스탠퍼드 챌린지를 3회 정도 해봤는데, 기획할 수 있는 시간이 따로 주어졌어요. 이번 상황처럼 기획 시간 없이 바로 진행해본 스탠퍼드 챌린지는 처음이었어요. 고창을 돌아다니면서 이곳저곳 여쭤보는 매 순간순간이 당황스러움의 연속이었어요. 그래도 팀원들과 미래가치를 판매했다는 새로운 경험을 할 수 있었기에 뜻깊었어요! 만약 콜리와 니아가 없었더라면 저는 나서서 아무런 액션도 못 했을 거예요. 해야 하는 일이 있을 때 함께하는 사람들이 정말 중요하다고 느낀 챌린지였어요."

벨라는 이번 스탠퍼드 챌린지를 통해 무언가를 진행하는데 있어서 함께하는 사람들이 중요하다고 말해줬다. 벨라는 항상 뭐든지 액션해야 할 때 그에 대한 기획을 하고 움직여야 한다고 생각한다. 그랬기에 '일단 움직여보자'라는 말과 이번 챌린지가 어려웠다고 한다. 벨라의 이런 어려움은 팀원인 니아와 콜리가 포기하지 않고 움직일 수 있는 에너지를 심어주면서 해결되었다. 벨라가 경험한 것처럼 공동의 목표를 가지고 달려가는 데 있어서는 내 곁에 함께 달려갈 수 있는 사람이 있는지 또한 중요한 포인트이다.

니아, 벨라, 콜리 모두 이번 스탠퍼드 챌린지를 통해서 새로운 동료를 얻었다고 한다. 함께하는 팀원들이 있었기에 서로 시너지를 내고 챌린지를 끝까지 마무리지을 수 있었다. 반려동물팀은 네 시간 동안 일곱 번의 시도 끝에 소중한 동료를 얻었다.

우리는 스탠퍼드 챌린지를 하면서 '소중한 동료'를 얻었다

우리의 스탠퍼드 챌린지는 '칠전팔기'였다
<인사이트> - 미래자원도 자원 - 가까운 곳에서 답을 찾아보자. - 빠른 시도와 포기는 새로운 액션을 취할 수 있게 한다. - 수없는 실패는 팀을 더욱 디벨롭시킨다.
<팀 요소> - 팀의 긍정적인 분위기 조율 - 팀원의 공통 관심사와 능력을 통한 업무 찾기

우리가 찾아낸 우리의 가치

열 명 모두가 '스탠퍼드 챌린지'라는 동일한 주제로 시작했지만, 이를 받아들이는 방식은 팀마다 다양했다. 무작정 움직여 보는 팀이 있었고, 주변 정자에 앉아서 아이디어 회의를 진행하는 팀도 있었다.

주어진 시간이 다 지나고, 다 같이 모였을 때 세 팀 모두 다른 결과들을 가져왔다. 결과론적으로 우리의 스탠퍼드 챌린지를 논한다면 우리의 챌린지는 성공적이지 못했다. 적자가 난 팀도 있었고, 수익이 난 팀도 큰돈을 벌지는 못했다. 세상을 바꿀 큰 아이디어를 내놓은 것도 아니었다. 저조한 결과 앞에서 팀원들은 웃었다. SNS팀은 생각하지도 못한 방법을 통해 시장을 넓혔다. 반려동물팀은 주어진 시간 내에 스탠퍼드 챌린지를 진행할 수 없었다는 아쉬움을 가졌지만, 결국엔 미래가치를 판매했다. 피리부는사나이팀은 적자였지만, 세 팀 중에서 가장 많은 고객을 직접 만나면서 고객과 소통하는 경험을 할 수 있었다.

세 팀의 공통적인 경험은 실패다. 시도하고 좌절하는 과정을 숱하게 겪었다. '실패는 성공의 어머니'라는 말이 기억난다. '실패는 성공의 어머니'라는 구절에서의 성공은 반드시 실패를 통해 학습하고 '성장'하는 과정을 거친다. 실패를 통해 배움을 수집하고 자신을 보완해 나가는 것, 성장 가능성을 믿으며 실패에 직면해 다시 실패하더라도 굴하지 않고 '적극적으로 배우는 과정'이 성공의 요건이 된다.

　성공과 실패는 단순히 결과로만 나타나지 않고 과정을 수반하기 때문에 우리는 지금 당장의 성공과 실패에 좌지우지될 필요가 없다. 우리는 과정에서 얻은 인사이트로 자신을 얼마나 발전시키고 나아가는지에 주목해야 한다. 우리가 경험한 스탠퍼드 챌린지의 실패는 미래의 거름이 되어 우리가 더 나은 방식으로 나아갈 수 있도록 돕는다. SNS팀으로 인해 우리는 더 넓은 시장을 위해 온라인 시장으로 빠르게 눈을 돌릴 것이고, 반려동물팀으로 인해 우리는 더 정확하게 시장을 조사할 것이며, 피리부는사나이팀으로 인해 우리는 물건의 단가를 고민할 수 있게 됐다. 실패는 절망과 패배감이 아닌 성공을 뒷받침할 데이터가 된다.

　우리의 경험은 충분히 가치 있다. 우리는 직접 고민하고, 행동하고, 부딪히며 결과가 아닌 과정에서 오는 가치를 배웠다. 과정에서 오는 가치는 경험을 회고하고 기록하는 과정을 거쳐야만 가치로 남는다. 중요한 건 과정을 유의미하게 받아들이고 숨어있는 의미를 체화해서 발전하는 것이다. 경험을 그냥 흘려보낸다면 그건 그저 흘러간 기억이 될 뿐이다. 그래서 우리는 스탠퍼드 챌린지 과정에 대한 이야기를 책으로 쓰기로 했다. 우리의 경험을 가치로 남기기 위해서다.

우리가 경험한 스탠퍼드 챌린지의 가치는 무엇이었나. 그것은 분명히 스탠퍼드 챌린지를 함께하는 과정에서 얻은 배움이다.

돈으로 환산할 수 없는

경험을 삽니다

우리는 어떤 가치를 만들 것인가

'5달러 챌린지'를 수행했던 스탠퍼드대학교의 학생들 중 큰 수익을 창출했던 팀은 수업 시간에 기업의 채용공고 시간을 마련하여 600달러의 수익을 벌었다. 이 팀은 물리적 자원의 제약에 얽매이지 않고도 돈을 벌 수 있다는 획기적인 아이디어로 수익을 창출한 스탠퍼드 챌린지 대표 사례이다. 사례를 접하며 이 팀이 겪었을 고난과 역경을 상상해보게 된다. 주어진 모든 시간에 힘을 쏟아 돈을 버는 것이 아닌 발표 시간을 위해 기업들의 문을 두드렸을 것이다. 분명 나름 치열한 고민의 시간이 존재했을 것이며, 그 과정과 결과에 대해 다양한 배움도 존재할 것이다. 지금 우리가 알게 된 것은 사업 아이디어와 600달러라는 결과지만, 팀원과 이견을 조율하는 과정, 기업과 만나 이야기하는 모든 과정에서 배움이 있었을 것이다. 각자가 살아온 삶의 배경, 성격, 챌린지하에 참여하게 된 이유가 모두 다르기에 같은 챌린지를 했어도 다른 배움이 존재한다.

당장 이 책을 읽는 당신에게 스탠퍼드 챌린지가 주어진다면 어떻게 가치를 창출할 것인가? 한정된 자원, 한정된 시간을 활용하여 유의미한 경험을 할 수 있을까? 이러한 질문들을 해결하기 위해 우리는 우리처럼 스탠퍼드 챌린지를 경험한 다른 사람들의 이야기를 들어보기로 했다. LEINN 이외에 MTA 방식으로 진행된 교육프로그램에서 스탠퍼드 챌린지에 참여했던 네 팀의 이야기를 가져왔다.

"사실 챌린지 시작하기 전에 많이 긴장했어요. 모르는 사람에게 가서 말을 걸고 대화해야 하는 게 너무나도 어렵게 느껴졌기 때문이죠. 그 사람이 짜증을 내거나 나를 귀찮게 생각할 것 같았어요." — **아로아 인터뷰**

"낯선 것 중에 가장 큰 하나는 모르는 일을 하는 것이었어요. 정말 아무것도 정해져 있지 않은 상황 속에서 처음부터 창조해 나가는 것은 광장한 거부감으로 다가왔던 것 같아요. 기존의 틀 속에서 움직이는 것만이 익숙한 사람들이었어요." — **케이 인터뷰**

모든 것이 어색했다. 길 가는 사람을 붙잡고 말을 거는 것의 두려움을 넘어서 목소리를 내는 것. 반평생 정해진 방법에 따라 정해진 내용을 가르치던 입장에 있던 '나'의 모습을 부수고 나오는 일. 이야기의 일부만 들춰보아도 많은 이가 공감할 수 있는 어려움을 마주하고 있다. 그러나 이들은 이 어려움을 통해 크고 작은 무언가를 얻을 수 있었다고 말한다. 이를 가능하게 했던 것은 개인의 커다란 용기나 변화가 아니었다. 그들은 대부분 함께했던 동료, 팀을 언급하며 자신의 이야기를 마무리한다. 그 구성원이기에 가능했던 챌린지, 지구상에서 한 번밖에 이루어질 수 없을 도전기를 들어보자.

동그라미, 세모, 네모, 네 마음을 그려봐

점으로 모인 우리

혈액형과 별자리로 나를 소개하는 때는 지나갔다. 이제는 나의 성향을 분석해 주는 MBTI 성격유형검사가 처음 만나는 사람들과의 대화에서 나를 소개하는 장치로 사용된다. MBTI는 점점 복잡해지는 다매체 시대에서 MZ세대에게 자신을 더욱 객관적으로 볼 수 있게 해주는 장치로 작용하고 있으며 사람들은 나와 같은 MBTI라는 사실만으로 유대감을 느끼곤 한다.

사람들은 내가 어떤 성향인지를 알고 싶어 한다. 이러한 사람들의 성향과 MBTI라는 트렌드에 맞추어 '도형 상담'이라는 콘텐츠를 활용해 스탠퍼드 챌린지를 진행한 팀이 있다. 바로 MTA의 팀코치를 양성하는 Team Mastery(TMINN) 과정 2기에 참여한 참가자들이다. 날로는 LEINN SEOUL 팀코치이며 낙천, 마르코, 향기는 전·현직 중고등학교 교사이다. 30대 초반부터 40대 후반까지 연령대도 다양하고 경험도 다양한 네 명이 팀이 되어 챌린지를 수행했다.

이 팀은 전반적으로 빠른 판단과 액션의 결과들이 쌓여 금액과 과정 모두 만족하는 챌린지를 완성할 수 있었다. 도대체 도형 상담이 무엇이길래 두 시간이라는 짧은 시간 동안 돈을 벌 수 있었고, 사람들에게 길거리에서의 특별한 추억을 선물해 줄 수 있었던 것일까?

일단 선부터 그려볼까?

낙천팀은 챌린지가 시작하자마자 성수동 헤이그라운드 지하에서 그들이 무엇을 할 수 있을지 고민했다. 스탠퍼드 챌린지는 모두가 처음이었고 어떻게 시작해야 할지 감조차 잡히지 않았다. 그들은 일단은 부딪혀 보기로 했다.

"헤이그라운드 지하에서 계속 고민하다가는 끝이 없을 것 같았어요. 그래서 무조건 나간 다음 움직이면서 생각하자고 했어요. 우리는 스탠퍼드 챌린지에서 돈을 벌 수 있는 방법이라면 실체가 있든 없든 자신이 가진 무언가를 파는 것이 좋겠다고 판단했어요. 그러기 위해서는 대상이 많으면 좋을 텐데 이 근방이면서 제일 사람이 많을 것으로 예상되는 곳으로 가는 게 유리하겠다는 이야기가 나왔어요. 아무래도 서울숲에는 점심시간을 보내는 직장인, 놀러 나온 시민들이 많을 것으로 예상이 되었고요."

서울숲은 거리도 가까웠기에 이동할 때 발생하는 시간과 비용을 아낄 수 있었다. 주변에 회사들이 많아 회사원들이 많이 돌아다녔고, 사람들이 휴식을 취하러 오는 유명한 랜드마크라는 사실도 그들에게 큰 이점으로 작용했다. 챌린지를 부여받은 시각은 오후 1시로 사람들이 붐비는 점심시간이었다. 좋은 상황이 주어졌으니 이제 그들에게 중요한 건 좋은 아이템을 발굴하는 것이었다. 지금 주어진 가장 큰 자원은 사람. 그들은 서로에 관해 묻기 시작했다.

"서울숲으로 가면서 우리 네 명은 서로에 관해 이야기를 나눴어요. 무얼 할 수 있는지, 무얼 잘하는지…. 처음 만난 팀원들에게 어떤 것을 소개해야 할지도 모르겠고, 시간은 시간대로 촉박하니까 그냥 제가 하고 있는 것에 대해 이야기했어요. 제가 울산에서 아이들 진로 교사를 하고 있다는 것이나, 아이들의 첫 마디를 열어줄 수 있게 하는 도구로 도형 상담을 활용하곤 했다는 것. 내가 잘하는 것 중 간편한 것은 무엇인지 떠올려 보았을 때 곧바로 도형 상담이 생각났어요. 시간이 없고 돈이 없을수록 빠른 행동력이 필요할 텐데 그럴수록 간편하고 전문성이 있는 것이 좋겠다고 판단했기 때문이에요. 이렇게 팀원들에게 말하니 반응이 정말 좋더라고요. 이 도형 상담을 사람들에게 알리고, 판매하기 위해 바로 홍보물을 만들기 시작했어요."

낙천의 도형 상담 아이디어와 근처 저렴한 커피숍의 커피를 따릉이로 서울숲 내부까지 배달해 주는 아이디어까지 두 가지 아이템을 동시 진행해 보기로 확정했다. 마르코는 따릉이를 빌려서 서울숲을 돌아다니며 커피 배달 대행을 했고, 나머지 낙천, 날로, 향기는 도형 상담을 준비하기 시작했다. 낙천과 향기는 도형 상담에 필요한 양식과 홍보물을 만들었고 날로는 서울 숲을 돌아다니며 서울 숲을 돌아다니며 상담에 참여할 사람들을 모았다.

다양한 도형이 그려졌어

도형 상담이라는 아이디어를 띄우고 희망에 찬 마음으로 홍보를 시작했지만, 사람들은 관심조차 주지 않았다. 시작부터 예측하지 못한 반응에 마주한 만큼 팀은 당혹스러움을 감추지 못했다.

"고객을 모으는 일을 담당한 날로는 열심히 돌아다니며 여러 사람을 대상으로 홍보를 시작했어요. 그런데 사람들이 '도를 아십니까'처럼 느껴졌는지 무반응에다 아예 차갑게 돌아서는 사람들이 많았어요. 사람들이 우리가 무엇을 하는 사람인지 알지 못하는 상황에서 경계심을 품는 것은 당연하다고 생각해요. 하지만 누구라도 빠르게 고객을 모집해야 하는 입장에서 말을 거는 것조차 잘 안되는 상황이라 조금 어려움을 느꼈어요."

도형으로 상담을 진행한다는 사실이 흥미로울 법한데, 왜 사람들은 관심을 가지지 않았을까? 시간이 흐르고 다시 상황을 돌아본 낙천은 자신의 실수를 발견했다. 서울숲이 탁 트인 공개적 장소였다는 것이다. 사람의 속 이야기를 나누는 상담과 사람이 많고 공개적인 장소가 어울리지 않았다. 상담이라는 단어 대신 '도형으로 당신의 이야기를 들려드립니다' 혹은 '당신과 도형으로 이야기하고 싶습니다'와 같은 대체 문구를 사용했다면 나았을지도 모르겠다. 타로처럼 가벼운 마음으로 즐길 수 있도록 접근했다면 '상담'보다 진입장벽이 낮았을 것이다.

첫 난관 속에서 팀은 빠르게 새로운 발판을 만들어 갔다. 사람이 모이지 않는다면, 모일 만한 사람을 고르면 된다. 낙천팀은 모객 대상을 쉬러 나온 주민들이 아니라 놀러 온 외국인으로 바꾸어 진행해보기로 했다.

"팀원들은 외국인 대상으로 상담하는 것에 적극적인 모습을 내비쳤고 이러한 팀원들의 모습을 보면서 에너지가 많이 났어요. 긍정적인 에너지에서부터 비롯하여 서로가 서로에게 협력적인, 하나 된 모습이 보였어요. 이런 분위기 속에서 몸이 자연스럽게 움직였고 행동하는 것에 대해 의심할 여지 없이 실행으로 옮길 수 있었어요. 팀원들의 에너지가 이렇게 적극적이고 긍정적이지 않았다면 저는 아마 고민을 거듭하느라 뒤로 빠져있다가 결국 아무것도 못 했을 거예요."

외국인으로 타깃을 바꾼 후 바로 첫 손님을 만날 수 있었다. 서로 아주 친한 친구 관계였던 세 명의 외국인 손님들이었다. 상담 뒤 외국인 분들은 서로를 더 잘 알 수 있게 해줘서 고맙다는 말을 남겼다. 그 말은 낙천의 원동력이 됐다. 비록 길거리에서 짧은 만남을 가졌으나, 자신의 상담이 다른 사람에게 행복을 주었다는 뿌듯함이었다. 외국인들의 오픈 마인드와 활발한 반응이 낙천으로 하여금 부끄러움의 문턱을 넘게 했다. 첫 상담 이후 낙천은 자신감을 갖고 더 활발한 움직임을 보여줬다. 그 후로도 여러 국적을 가진 외국인들이 도형 상담을 받았다. 이렇게 외국인이 많이 모여서 좋은 반응을 남기는 모습을 보고 처음에 경계심을 보였던 한국인들도 점점 호기심을 가졌다. 한 한국인 부부 손님은 상담 내용에 무척 만족하며 자신의 회사에서 도형 상담을 진행해 줄 수 있냐는 제안을 남기기도 했다. 낙천팀에서 가장 두드러지게 보이는 것은 액션을 빠르게 옮기면서 순발력을 발휘했다는 점이다. 사실 낙천은 오래 고민하고, 신중히 선택하는 성향이었다. 본래 자신의 성향과 정반대의 행동을 보여준 것이다. 스탠퍼드 챌린지는 낙천에게 특별한 자극이자 추억이 되었다고 한다.

"학교가 아닌 서울숲에서 학생이 아닌 외국인들을 대상으로 도형 상담을 진행한다는 것은 저에게 정말 말도 안 되는 일이에요. 맞아요. 만약 챌린지에 대한 감이 전혀 오지 않는 상황이었던 헤이그라운드 지하에서 아이디어를 내야 했다면 과연 제가 도형 상담을 떠올릴 수 있었을지 잘 모르겠어요. 일단 나와서 서울숲으로 장소를 좁혔기 때문에 챌린지의 현장감 속에서 빠르게 머리를 굴려볼 수 있었어요. 이 장소 이 분위기 속에서 가장 잘할 수 있는 것은 무엇일까, 우리가 부여받은 짧은 시간, 적은 돈에서 가장 잘할 수 있는 것은 무엇일까. 여기서 머리로만 생각하는 것이 아니라 몸도 바로바로 움직이며 순발력 있게 행동했던 것이 우리 팀의 특성이에요."

물론 아쉬운 점도 있었다. 외국인으로 타깃을 변경하였기에 챌린지를 잘할 수 있었지만, 한편으로는 외국인을 대상으로 진행하다 보니 언어의 장벽에 부딪혔다. 언어의 어려움으로 상담의 내용이 풍부하지 못했던 점이 아쉬웠다. 물론 팀원인 날로가 통역을 잘 해줬지만, 한국어와 영어가 가지는 근본적인 뜻 차이가 상담을 통해 전달하고 싶었던 이야기를 온전하게 전달하기 어려웠을 수도 있겠다. 또한 통역을 하다보니 시간이 두 배로 걸려서 시간이 한정된 스탠퍼드 챌린지에서 아쉬움으로 남았다.

면은 이렇게 만들어지는구나!

각자 다른 배경을 갖고 하나의 점으로 모인 이들은 서로를 알아가고, 자신의 역할을 하며 선을 그려 나갔다. 끝에는 각자의 선들이 만나 면을 이룰 수 있었다. 여기서 면은 그들이 스탠퍼드 챌린지를 하며 마음속에 챙겨갈 수 있었던 '팀이기 때문에 할 수 있었다'라는 깨달음이다. 낙천 또한 이를 강조했다.

"날로가 적극적으로 사람들을 모아왔어요. 제가 만약에 그렇게 했으면 아예 다가가지도 못했을 거거든요. 날로와 향기가 옆에서 제가 상담을 잘할 수 있도록 통역해 주고 양식을 만들면서 도와줬고, 마르코는 커피 주문을 받으려고 계속 돌아다녔거든요. 물론 도형 상담을 함께한 것은 아니지만 모두가 열심히 하는 모습을 보잖아요? 저도 우리의 시간이 끝날 때까지 최선을 다해야겠다는 마음을 가졌던 것 같아요. 이 모든 게 팀이라서 가능했다는 것에 전적으로 동의해요."

누군가와 함께하는 일은 타인의 행동에 따라 큰 영향을 받는다. 낙천은 모두가 긍정적인 분위기를 형성하며 공감 바탕의 대화가 이뤄졌다는 점이 스탠퍼드 챌린지 팀에 좋은 영향을 미쳤다고 말했다. 긍정적인 분위기는 의사결정에 이어 행동 방식에도 영향을 미쳤다. 적극적으로 움직이는 팀원들의 모습에 낙천은 뭐든지 머리로 생각하고 고민하는 것만이 정답은 아니라는 사실을 깨달았다. 팀원들로부터 배운 '일단 한번 해보자는 마음가짐'은 이 챌린지에 가장 적합한 태도였을지도 모른다.

낙천팀을 보며 행동함으로 생기는 긍정적인 에너지가 계속 순환되는 것이 중요하다고 느꼈다. 마치 체크리스트를 조금씩 채워가며 쌓인 일들을 해치우는 것에서 뿌듯함을 느끼는 것처럼. 고민보다는 행동함으로 '우리는 무엇인가 하고 있다'는 사실을 인지하고, 다음 행동을 하는 동력을 얻는 것을 보았다. 이는 한 명의 뛰어난 사람이 있다고 가능한 것이 아니다. 모두가 지치지 않고 면을 향해 갈 수 있는 건 팀원 모두의 시너지에 달렸다. 월등히 뛰어난 팀원이 아니어도 괜찮다. 팀원들의 열정이 모여 선과 면을 만들 수 있다면, 하나의 진하고 우월한 점보다 소중한 무언가를 이룰 수 있다고 믿는다.

소중한 마음들이 한 올 한 올 엮여

다치지 않으려면 스트레칭을

운동에서의 부상을 막아주고 운동의 효과를 높여주는 존재가 있다. 몸의 순환을 촉진해 다이어트와 부종 완화에 효과적인 운동만큼 중요시되는 이것은 바로 '스트레칭'이다. 팀원들의 의견을 경청하고 수렴해 나가는 벤치에서의 한 시간, 실제로 챌린지를 실행에 옮겼다고 보기에는 어려운 한 시간을 운동 전 필수요소인 스트레칭 과정이었다고 설명하는 팀이 있다. 이 팀은 성균관대 Social Entrepreneurship Team Academy(SeTA)[5] 프로그램에 참여한 대학생들로, 제트를 포함한 20~30대 네 명으로 이루어졌다.

팀원들은 챌린지를 부여받자마자 성균관대학교 경영관

---

5) 성균관대 SeTA는 MTA가 한국에 처음 소개되었을 즈음인 2017년도에 "MTA Change Maker Lab"으로 시작한 대학생 대상 MTA프로그램이다. 이후 지역과 사회문제 해결에 중점을 둔 "사회적기업가정신 팀아카데미" 프로그램으로 현재까지 이어지고 있다. 성균관대뿐 아니라 타 대학 학생들도 참여할 수 있으며, 한 학기동안 매주 열 시간 가량의 프로그램 및 팀 활동이 진행된다.

앞 벤치에 둘러앉아 모두의 의견을 서로서로 경청하였다. 챌린지 시간 중 4분의 1을 사용했지만, 모든 팀원이 입을 모아 벤치에서의 시간이 귀중했다고 말할 수 있었던 이유는 무엇일까?

벤치에서 한 시간은 실 한 오라기

"저는 다른 학생들보다 나이가 매우 많은 편이었어요. 그래서 팀원들이 팀에 나이가 월등히 많은 사람이 있을 때 하고 싶은 말을 못 하거나 눈치를 볼 수 있다는 점을 우려했어요. 각자 가지고 있는 의견이 묵살된다면, 팀으로 같이 갈 수 없다고 생각해요. 학교에서 팀 과제를 할 때 본인의 의견이 소거되는 순간부터 기여도가 떨어지는 사례를 종종 보기도 해요. 팀의 공통 목표와 가치를 가지고 한마음으로 나아가는 것이 중요한데, 누군가의 의견이 그저 묵살된다면 좋은 팀으로 좋은 결과를 내기 힘들다고 생각해요. 그래서 저희는 모두의 의견을 들어보고 각자의 의견이 챌린지를 진행하기에 실험 가능성이 있는지 근거들을 따져보는 시간이 필요하다고 판단했어요. 극단적으로 비판만을 하는 것이 아닌 상대에게 상처를 주지 않는 범위 내에서 더 나은 대안이 없는지를 묻는 것이 빠르게 이루어져야 한다고 생각했어요. 실험 가능성이 떨어지는 부분은 무엇인지, 더 좋은 방법으로 이끌려면 어떻게 할 것인지, 챌린지를 짧은 시간 동안 진행하는 만큼 계획한 행동들이 오래 걸리거나 동선이 길지는 않은지…. 끊임없이 고민하며 대화를 통해 합의점을 찾으려고 했던 것 같아요."

팀의 리더였던 제트는 시간이 부족해도 팀으로 함께할 수 있는 것이 더 중요하다고 판단했다. 팀으로 편안해졌을 때, 더 좋은 결과물을 만들 수 있기 때문이다. 초반에는 긴 시간 동안 이야기를 나누는 과정이 시간 낭비라고 느껴질지 몰라도 멀리서 봤을 때 이 시간으로 인해 제트와 팀은 더 빨리 움직일 수 있었는지도 모른다. 당시 팀원 네 명 모두 각자의 주관이 모두 강하고 뚜렷했기에 다양한 의견과 피드백이 오갈 수 있었다고 한다. 그 속에서도 사적인 감정이 개입되지 않도록 노력하는 모습을 보이며 서로의 이야기가 잘 전달되었고 하나의 주제로 똘똘 뭉쳤다. 제트가 마스크 기부금을 조성하는 아이디어를 꺼냈을 때 빠르게 진심으로 수용해주며 아이디어가 실행에 옮겨질 수 있도록 적극적으로 도와주기도 했다.

실과 실이 만나

이 팀의 챌린지는 제트의 개인적 사연 속에서 비롯되었지만, 제트의 울림 있는 전달이 팀원들의 깊은 공감과 실행력을 끌어내 실행되었다. 제트 주변에는 형편이 어려워 마스크를 구하지 못해 생활에 어려움을 겪는 학생들이 많이 있었다. 어떤 학생은 새 마스크를 쓰는 것이 부담되어 이미 사용한 덴탈 마스크를 손빨래하고 스테이플러로 고정하여 재사용했다. KF94 마스크가 없어 공공기관에 가는 것을 꺼리는 학생들은 학교 도서관을 이용하는 것조차 어려워했다. 학교에 저소득층 학생들에게 지원해 주는 시스템이 여럿 존재했지만, 복지의 사각지대에 있는 학생들이 있었고, 지원받더라도 여전히 생활고의 어려움이 큰 학생들은 전염병이 무섭게 퍼지고 있음에도 마스크를 구매하기 어려워하는 상황이었다.

"학생들은 대부분 개인화되어 있어 주변 친구들이 어떻게 얼마나 어려운지 잘 모르는 경우가 많아요. 감사하게도 저는 제가 하는 일의 특성상 많은 학생을 만나 많은 대화를 나눌 기회가 있었고, 어려운 학생들이 얼마나 고통을 받고 있는지 자세하게 들어볼 수 있었어요. 학생들이 저에게 이런 고통을 털어놓곤 했을 때 학교 차원에서 학생들을 도와줄 방법이 없을까 고민해왔는데 이번 스탠퍼드 챌린지가 기회일 수 있겠다는 생각이 들었고 그렇게 저의 이야기를 팀원들에게 공유했던 것 같아요."

이 팀은 마스크를 나누어주지는 못하더라도 마스크를 살 수 없어 고통받는 학생들이 있다는 사실을 알리는 것을 챌린지의 궁극적인 목표로 삼았다. 작은 불씨가 생겼지만, 이 불씨가 커지려면 모인 뜻이 충분히 잘 전달되는 것이 필요하다고 생각했다. 주제를 정한 팀은 가장 먼저 포스터를 만들어 즉석에서 만들어 인쇄했다.

서로 부딪히고 엮이고 이어지고

마스크 기부금 모금 대상은 성균관대학교 학생들을 대상으로 진행되었다. 그들은 모둠 활동에 대해 제일 많이 그리고 빠르게 퍼뜨릴 방법은 무엇일까 고민하던 중, 성균관대학교 총장을 떠올렸고 곧바로 총장실에 찾아갔다. 아쉽게도 총장님이 계시지 않았지만, 그 과정에서 건물 밖에 많은 인원이 모여있는 것을 발견했다. 졸업식이 진행되고 있었다.

졸업식의 특수성을 이용하면 모금 대상을 넓힐 수 있으리라. 재빠르게 졸업생으로 타깃을 변경하여 많은 사람을 대상으로 마스크 기부금을 모금 받았다. 이외에도 장학복지팀, 대외협력팀을 방문하였고 여러 학생 책임자를 만나보기도 하였다. 이후 성균관대학교 인문대학과 사회대학을 대상으로 교수님과 학생들에게서 모금을 받으면서 챌린지를 마무리하였다. 실제로 사람들과 마주하여 모금을 받기도 했지만, 틈틈이 SNS를 활용하여 학생회, 동아리 연합회 등에 자문하고 홍보했다.

주어진 짧은 시간 동안 여러 사람에게 뜻을 알리는 것이 목표였던 그들은 역할을 세부적으로 나누기보다는 누구든 빨리 뛰어보는 것을 중요시했다. 2인 1조로 다니며 최대한 많은 곳을 돌아다니며 대상자들을 만났고 잘 안되거나 어려운 부분이 생기면 빠르게 팀원들에게 공유하여 실시간으로 빠른 피드백을 주고받았다.

팀원들은 세 시간 동안 셀 수 없을 만큼 많은 사람을 만났다. 이 팀에서 진행하고 있는 프로젝트의 취지와 필요성은 무엇인지 기부금을 모았을 때 선한 효과가 무엇인지에 대해서 진심을 전달하였다. 두세 시간 동안 큰돈이 모이는 것은 어려울 수도 있지만, 이러한 어려움을 겪고 있는 사람이 있다는 상황을 알린다는 것 자체에 의의를 두니 어렵게 느껴지지 않았다. 낯선 사람에게 이야기를 전하는 일은 쉽지 않은 일이다. 낯선 사람과 마주하는 과정에서 어려움을 겪지는 않았는지 제트에게 물어봤다.

"대부분 사람은 거절을 많이 두려워해요. 특히 스탠퍼드 챌린지처럼 처음 본 사람과 소통하며 이익을 얻어내야 한다면 더욱더 두려울 수 있겠죠. 거절이 사실 그렇게 대단한 것이 아니라고 생각해요. 거절당할 수 있는 거예요. 사실 너무 당연한 부분일 수 있어요. 아무리 사회에 선한 영향력을 미치는 기부금 조성이라도 돈을 못 낼 수 있는 게 당연하니까요. 좋은 일을 하는 것이고, 이에 확신을 가지고 있는 채로 비전이 합의된 상황이라면 주저할 이유가 없다고 생각해요. 거절당하는 것이 두렵다고 생각하는 것보다 어떻게 하면 세상에서 공감받고 세상에 좋은 영향을 미칠 수 있을지 고민했던 것 같아요. 돕고 싶어 하는 마음이 간절하고 좋은 일을 하는 것이 분명하다면 거절당하는 것은 문제가 아니라고 생각했어요. 100미터 달리기를 하는데 나 지금 배고픈데 어쩌지, 이런 생각하지 않잖아요. 그저 달리는 거죠. 달리고 나서의 등수는 중요하지 않았어요. 등수를 생각하면서 힘들어하는 것이 아니라 확고한 목표가 있으니 그저 골인하면 되는 것이었으니까요."

시간은 짧았지만 실은 결코 짧지 않았다

팀 차원에서 '많은 사람에게 알린다'는 공통된 목표가 있었기에 짧은 시간 안에 수많은 시도가 이루어졌다. 이 가운데 제트에게 가장 인상 깊은 사람과 에피소드는 무엇이었는지 물었다.

"요즘 학교 익명 게시판을 보면 외국인 학생에 관한 혐오와 분열

이 정말 심하게 나타나요. 이런 사회 분위기 속에서 외국인 학생들은 직·간접적으로 차별받고 학교에서는 주눅들어 있기도 해요. 그날 만난 아시아계 외국인 학생들은 한국말이 서툴러 온전히 알아듣기 어려워하면서도 우리 이야기를 귀 기울여 들으며 공감을 표시해 주었어요. 눈물을 흘리면서 본인이 가지고 있는 동전을 모두 모아 기부하는 학생도 있었고요. 금액이 어떠하든 그들의 돈은 결코 적은 돈이 아니었던 것이죠. 이런 부분들은 분명히 시사하는 바가 있고 돌아봐야 하는 부분이라고 생각해요."

자신이 받던 차별은 신경 쓰지 않고 다른 이들의 아픔에 마음을 기울이며 눈물을 흘리는 마음이 제트에게 큰 울림을 주었다. 정말 주변을 사랑하는 마음을 갖는다는 것이 이런 게 아닐까. 타인이 모이는 공간에서 일어나는 일에 이렇게 마음을 쓸 수 있다는 것은 학교를 단순히 지식을 습득하는 공간 이상으로 생각하고 있기 때문이지 않을까?

"경영대 지하 2층에 있는 복삿집 사장님도 기억에 남아요. 사장님께서는 학생들을 사랑해 주라고 말씀하시면서 기꺼이 기부금을 내주셨어요. 학교의 구성원은 비단 학교의 학생들과 교수님들뿐만 아니라 학교를 걱정하고 애정을 가지는 많은 사람도 포함하는구나 깨닫는 순간이었어요."

챌린지의 네 시간이 모두 지나고 SeTA프로그램에서 스탠 퍼드 챌린지를 진행한 모든 인원이 모여 챌린지의 결과를 발표하는 시간을 가졌다. 제트의 팀은 4만원의 자본금으로 16만원을 모았다는 결과를 알리며 성공적으로 발표를 끝냈 다. 발표를 듣고 눈물을 흘리는 사람도 있었고 어떤 조에서 는 돈을 모아 마무리 모금을 하기도 하였다. 챌린지를 통해 번 총금액은 SeTA 이름으로 학교에 기부하였다. 제트에게 물었다. 네 시간이라는 짧은 시간 동안 크나큰 결과를 끌어 낸 만큼, 남은 아쉬운 점은 없었을까?

"린 스타트업[6]의 핵심은 빠르게 서비스를 돌려보고 그에 대한 피드백을 빠르게 받아 보완하는 것이죠. 스탠퍼드 챌린지도 린 스타트업과 비슷한 핵심을 가지고 있다고 생각했어요. 정말 짧 은 시간이 주어졌으니까 더더욱 일단 시작해 보는 것의 필요성 을 느꼈던 것 같아요. 망설이는 시간조차 부족한 시간이 주어졌 으니까요. 당시 네 시간이 아니라 2, 3일이 더 주어졌다고 해서 무언가 크게 바뀔 것 같지 않아요. 스탠퍼드 챌린지의 특수성으 로 짧은 시간을 부여받은 덕분에 무엇을 어떻게 해야 빠르고 좋 은 효과를 볼 수 있을지 극한의 상황에서 고민해 볼 수 있었어

---

6) 아이디어를 빠르게 최소요건제품(시제품)으로 제조한 뒤 시장의 반응을 통해 다음 제품 개선에 반영하는 전략.

요. 이 점이 스탠퍼드 챌린지의 장점이자 저희 팀이 마스크 기부금을 조성할 때 사람들에게 임팩트를 줄 수 있었던 지점이었어요."

제트를 포함한 팀원들은 스탠퍼드 챌린지가 끝난 뒤에도 행보를 멈추지 않았다. 그들의 행동이 스탠퍼드 챌린지를 하기 위해서 움직인 단기적 행동이 아니라, 진심에서 우러나온 마음이었기 때문이다. 스탠퍼드 챌린지를 발판으로 'MASKKU(MASK+SKKU)'로 활동하며 마스크 기부금을 모금받는 프로젝트를 이어 나갔다. 스탠퍼드 챌린지에서 돈을 많이 버는 것도 중요하지만, 그 안에서 어떤 마음을 갖고 어떤 이야기를 나누는지도 중요하다. 챌린지가 끝난 뒤 우리에게는 어떤 성장이 남아있을 수 있는지 생각해 보자.

난 사탕을 줄 테니 넌 따듯한 마음을 줄래?

먼저 손을 내미는 것

2022년 8월 러시아는 우크라이나를 침공했다. 끝이 보이지 않는 침략과 탈환으로 인해 우크라이나 시민들의 삶은 무참히 파괴되었고, 수백만 명의 난민들은 삶의 터전을 잃고 타지를 떠돌게 되었다. 세계에서 일어나는 일에 조금이라도 도움이 됐으면 하는 마음에서부터 비롯된 이들의 선행은 많은 사람의 가슴을 울리며 우크라이나 사람들에게 돌아갔다.

이번에 소개할 팀은 아로아를 포함한 스페인 레이너 두 명과 성공회대 학생 두 명으로 이루어져 있으며,[7] 우크라이나를 위한 기부 대행을 진행했다. 이 팀이 '돈'을 버는 것에 집중할 수 있는 수많은 경우 중 스탠퍼드 챌린지로 기부를 선택하게 된 이유는 무엇일까?

---

7) 성공회대학교는 2021년부터 몬드라곤대학교와 교환학생 교류협력을 맺고 있다.

의미 있는 것은

"남을 도울 때 가장 덕을 보는 것은 자기 자신이고, 최고의 행복을 얻는 것도 자기 자신이다." — 달라이 라마

사실 기부 대행이라는 의견이 나오기 전에 이 팀에는 다양한 아이디어들이 있었다. 게임을 통해 이기면 돈을 주고 지면 돈을 받는 방법처럼 사람들이 도전하고 이기는 것을 좋아한다는 특성을 고려한 아이디어를 실행해보려고 하기도 했다. 그러나 이들은 가치적인 요소에 더욱 비중을 두어 세계에서 일어나는 일에 작은 희망이 되는 것을 목표로 '모금 캠페인'이라는 방식을 택했다. 우크라이나의 상황이 그들에게 크게 와닿았기 때문이다. 그들은 미약하더라도 손을 내밀어 돕고 싶었다.

팀 안에서 주제를 정한 후 필드로 나갔을 때 별다른 기준 없이 팀 안에서 역할 분배가 자연스럽게 이루어졌다. 팀으로 해야 할 것들과 본인들에게 주어진 일들을 확인한 후 자연스럽게 각자의 성향과 니즈(needs)에 맞춰 자신이 더 잘할 수 있는 분야로 역할 분배가 된 것이다.

길거리로 나가기 전 사람들에게 프로젝트를 소개하기 위한 자료조사를 시작했다. 제일 먼저 기부금을 투명하게 전

달해주는 자선단체를 찾았고, 사람들을 설득할 수 있도록 우크라이나 상황을 조사하며 이해하는 시간을 가졌다. 우크라이나 문제는 국제적으로 많은 사람이 집중하고 있는 만큼 많은 사람이 공감하고 있는 주제이니 사람들의 마음을 이끌어내는 것이 어렵지 않을 것이라고 예상할 수도 있겠다. 하지만 기부는 돈을 받아내야 하는 것이고, 이는 진심으로 사람들의 마음을 움직일 수 있어야 하는 일이기 때문에 결코 쉬운 일은 아니었다. 그러면 이 팀은 어떻게 사람들의 마음을 움직였을까? 그 방법에 대해 물었다.

"우크라이나에서 일어나고 있는 일에 대해 알고 있는지 물어본 후 기부라는 행위가 얼마나 가치 있는 일인지 잘 설명해주면서 두 가지를 연결 지을 수 있는 연결점에 집중했어요. 그리고 우크라이나 상황을 자세하게 설명하면서 무엇보다 우리의 의도를 진실되고 가감 없이 보여주려고 노력했어요."

이들의 고민과 노력은 그저 현재 우크라이나 상황을 투명하게 전달하는 방식에 그치는 것이 아니라 더 나아가 상대에게 기부를 권유하는 어투 자체도 수차례 고민하였다. 어찌 보면 공식적인 통로를 통해 기부하는 것이 마음도 편하고, 빠를 수 있다. 오늘 길에서 처음 마주한 사람에게 사탕을 받고 돈을 내어주는 것은 쉽지 않은 일이다. 그런데도 이들은 어떻게 네 시간이라는 짧은 시간 동안 사람들로부터 신뢰를 얻어 기부금을 모을 수 있었을까?

"무엇보다 상대가 우리에 대한 신뢰와 편안한 감정을 느낄 수 있도록 긍정적인 에너지를 가지고 대화를 이끌어 나가기 위해 노력했어요. 그렇게 우리가 상냥하게 미소 지으며 긍정적으로 이야기를 전하자 다들 우리의 취지에 공감해주고, 우리를 믿고 이해해줬던 것 같아요."

아직은 살만한 세상

"도를 아십니까", "전단지 받아 가세요" 등 온갖 불편한 요소들이 존재하는 길거리. 양쪽 귀에 이어폰 끼고 각자 갈 길 가느라 바쁜 사람들. 혹여나 모르는 사람이 말걸까 봐 바닥에 시선을 고정한 채로 걸어가는 사람들. 바쁜 삶을 살아가는 현대인들의 빠른 발걸음. 어찌 보면 지나가는 사람을 붙잡는 것 자체가 실례가 될 수 있는 이 시대. 과연 아로아팀이라고 해서 지나가는 사람들을 붙잡고 이야기를 전하는 것이 쉬웠을까? 단순히 우크라이나 상황을 공유하는 것에 그치는 것이 아니라 '기부'를 이끌어내야 하는 것이라면 더 어려웠을 것이다. 그런데도 어떻게 그 많은 사람의 참여를 이끌어낼 수 있었을까?

"챌린지 시작하기 전에 많이 긴장했어요. 모르는 사람에게 가서 말을 걸고 대화해야 하는 게 너무나도 어렵게 느껴졌기 때문이 죠. 그 사람이 짜증을 내거나 나를 귀찮게 생각할 것 같았어요. 내가 아무리 선한 의도를 가지고 있어도 사람들에게는 그저 길 거리에서 처음 얼굴을 본, 신뢰가 가지 않는 사람인 것이 어쩌 면 당연하겠지만, 사람들이 나를 불편하고 성가신 사람으로 생 각하는 것이 슬펐고 말을 거는 것이 불편했던 것 같아요."

이러한 아로아 팀원들의 불편하고 긴장되는 감정이 해결 되지 못한 채 챌린지에 임했다면, 사람들에게 진심을 전달 하는 것에 집중하지 못했을 것이다. 이들이 두려움을 극복 할 수 있었던 키는 바로 '팀'이다.

"사실 팀원들도 처음에는 부끄러워했지만, 우리는 챌린지를 진 행하는 과정에서 서로가 말을 걸어볼 수 있도록 푸시해주고 진 심 어린 응원의 말을 해주면서 이 두려움을 극복했어요. 팀원들 의 따뜻한 격려 덕분에 처음 한두 번까지만 어려웠지 이후에는 사람에게 다가가는 것에 대한 두려움을 대부분 해소할 수 있었 던 것 같아요. 팀원들이 있었기에 나의 한계에서 벗어날 수 있었죠. 나뿐만이 아니라 팀원들 모두 점점 용기를 내며 변화하였는데, 그 모습을 보면서 뿌듯하고 자랑스러운 기분이 들었어요."

나와 너가 아닌 우리였기에

아로아팀은 처음 보는 사람들에게 어떻게 접근해야 할지에 대한 확신이 없었다. 팀에서 세운 전략이 잘 맞을지에 대한 고민과 시작에 대한 두려움으로 주춤거리기도 했다. 이 과정에서 생각보다 많은 시간을 낭비하기도 했다. 하지만 뭐든 처음이 어려운 것이지 두 번 세 번 하면, 이 또한 적응할 것이라는 마음을 가지고 직접 부딪혀보기로 했다.

"어떻게 다가가야 할지, 무슨 말을 해야 할지 모를 때 막막한 마음에 멈춰 서서 발만 동동 구르다간 결국에는 아무것도 해낼 수 없으리라 생각했어요. 직접 부딪혀봐야 무엇이든 결과가 나오겠다는 생각이 들더군요. 그래서 일단 부딪혀보자, 그리고 우리의 행동을 다 같이 객관적인 시선으로 돌아보는 시간을 가지자고 생각했던 것 같아요."

이 중 어느 누가 모르는 사람에게 다가가서 기부를 부탁하는 행위를 익숙하게 생각할까. 모두가 다 처음이고, 모두에게 생소한 개념을 처음으로 시도하는 것인 만큼 막막함과 두려움을 느끼는 건 어찌 보면 너무나도 당연하다. 그렇다고 가만히 있으면 상황이 자연스럽게 해결되는 것도 아닐 것이다. 두려움 그 너머에 있을 성취와 배움을 위해 한 발짝 더 나아가야 한다.

"방금 시도했던 방식도 좋았는데, 다음에는 다른 방식을 사용해보는 건 어때?"

아로아팀은 새로운 사람들을 만나는 과정에서 끊임없이 팀이 처음에 세운 전략을 검수하는 과정을 거쳤다. 계속해서 도전하였고, 방식에 대한 상호 간 피드백을 통해 팀의 행동에 변화를 주면서 전략을 발전시켜 나갔다. 그러면서 점차 시스템에 적응하고, 이 팀에 맞는 방식을 찾아가는 과정을 거쳤다.

두려움이라는 높은 벽에 가려져 그 너머에 있는, 두려움에 멈춰 있는 것이 아니라 옆에서 응원해주고 격려해준 팀원들이 있었기 때문에 두려움에서 한 발짝 더 나아가서 시도까지 옮겨갈 수 있었던 것이다.

아로아 팀은 챌린지를 시작하기 전에 받은 초기 자본을 잘 활용한 팀이다. 기부를 이끌어내는 한 가지 방법으로 '사탕'을 사용했다. 모금과 사탕이라는 둘의 연결고리가 잘 연상이 되지 않을 수 있다. 그들은 우리를 처음 보게 될 사람들이 경계심을 풀도록 하는 방법을 고민했고 자본의 일부를 사탕을 사는 것으로 결정하였다. 그들은 사탕을 한 움큼씩 집어 사람들에게 친근하게 다가갔다. 이러한 사소한 전략은 모금을 하는 데 분명히 도움이 되었다고 아로아 팀은 판단한다.

"우리는 1인당 만 원씩 총 4만원을 초기 자본으로 받았는데 그 돈으로 우리는 다양하고 조그마한 사탕들을 샀어요. 사람들에게 무작정 다가가는 것이 아니라 웃는 얼굴로 사탕을 나누어 주며 진심을 담아 말을 건넨다면 사람들이 우리에 대한 경계심을 조금 줄일 수 있을 것 같았어요. 우리가 돈이 많지 않은 것을 고려했을 때 가격이 저렴하고 사람들이 느끼기에 부담스럽지 않은 것으로 사탕이 적당하다고 판단했던 것 같아요."

돈을 벌기 위한 것이 아닌

스탠퍼드 챌린지를 경험한 많은 이들에게 다시 그 상황으로 돌아갈 수 있다면 무엇을 바꿀 것인지에 관해 물어보면 대부분 짧았던 시간에 대해 어려움을 토로한다. 시간적인 제약이 생기니 자연스럽게 사용할 수 있는 공간의 범위와 실행할 수 있는 아이디어에 현실적인 다양한 제약이 생긴다고 말한다. 같은 질문을 아로아 팀에 물었을 때 아로아 팀은 조금 다른 답변을 주었다. '어떻게 하면 돈을 더 많이 벌 수 있을까'에 대한 고민보다 '어떻게 하면 사람들에게 더 신뢰를 얻을 수 있었을까'에 대해 고민했다.

"만약 우리에게 더 긴 시간이 주어지고, 사전에 준비할 수 있는 시간이 있었다면 포스터와 같은 시각적인 요소들을 준비했을 것 같아요. 시각적인 요소는 사람들의 신뢰를 얻을 수 있도록 도와주는 좋은 방법인 것 같거든요. 단순히 사탕을 나눠주면서 말로 설명하는 것이 아니라 시각적인 자료로 우리가 무엇을 말하고자 하는지 더 빠르고 명확하게 전달했을 것 같아요."

만약 아로아 팀이 처음 보는 사람들에게 다가가는 것에 대한 두려움을 극복하지 않았다면 이러한 결괏값이 나올 수 있었을까? 혼자가 아니라 팀이었기에, 나의 도전을 응원해주고 격려해준 팀원들이 있었기에 두려움이라는 높은 장벽을 깨부수고 그 너머에 있는 성취와 성장에 도달할 수 있었던 것이다. 혼자서는 할 수 없는 일이 너무 많다. 우리는 더불어 살아갈 때 더 큰 에너지를 발휘할 수 있다.

문을 두드리다 내 마음의 문이 열려버렸다!

팀원들이 모두 입을 모아 '최악'이었다고 말하는 챌린지

한숨, 짜증, 탄식, 당혹감, 침묵, 무기력, 불편, 비겁함, 패배, 고통…. 듣기만 해도 힘 빠지는 감정들. 40~50대 전·현직 중고등학교 교사이며 MTA TMINN(팀코치양성과정) 2기 참가자 여섯 명으로 구성된 이 팀의 챌린지는 시작부터 끝까지 부정적인 단어들로 구성된다. 수익도 저조했으며, 아이디어도 그다지 획기적이지 않았다. 팀원들도 이 챌린지를 최악이었다고 말할 정도다.

그들의 챌린지를 완전히 실패한 챌린지라고 할 수 있을까? 서울 불광동에 위치한 서울혁신파크에서 세 시간 동안 진행된 힘겨운 챌린지 끝에 그들이 얻은 배움이 무엇이었는지, 팀원이었던 케이의 이야기를 들어보자.

침묵의 시작

처음 그들이 모이자 무서운 침묵과 침묵을 깨는 한숨만이 존재했다. 시간이 흐를수록 공기는 더욱 무거워졌고 시간은 그들을 놀리는 듯 느릿느릿 흘러갔다. 정적을 견디기 힘들어하는 팀원들은 '어떡하지'라는 말만 반복할 뿐이었다. 결국 누군가가 혁신파크 단지에서 음료수를 팔아보자는 제안을 했을 때, 기다렸다는 듯 모두가 동의했고 단번에 결정되었다. 누군가가 다른 아이디어가 없는지 물어보았지만, 짜증이 담긴 탄식과 무기력한 반응이 이어질 뿐이었고 더 이상의 아이디어 발산은 이루어지지 않았다. 처음부터 이 팀에게 스탠퍼드 챌린지는 불편한 상황 그 자체였다. 챌린지의 시작부터 분위기가 이렇게까지 무거웠던 이유는 무엇인지 물어보았다.

"우리 팀원들은 나이가 모두 40대 중반이 넘어가는 중장년층이었고 자신의 직업적인 필드가 있었어요. 그래서인지, 판이 바뀌어 새로운 분위기가 형성되는 것에 낯설고 두려워하는 경향이 있었던 것 같아요. 이러이러한 이유로 이것을 팔고자 하는 사람들인데 사주십사 이야기를 꺼내는 것, 단지 그 문 하나를 열고 가는 것이 어려웠어요. 어디 가서 '선생님'이라는 호칭을 듣는 사회적 지위를 가지고 있는 사람이라고 생각하면서 이 나이에 그렇게 하는 건 창피한 일이라고 생각했어요. 그때는 부끄러운 것을 몰랐는지 직시하지 못했는데 챌린지가 끝나고 나서야 알

왔어요. 성격이 소심해서, 해보지 않아서라는 이유를 넘어서 우리는 '바보 꼰대'였던 것이죠."

　무엇에 도전한다는 것은 목표를 성취해내는 것만을 의미하지 않는다. 목표에 닿기 전 벽을 넘어서는 과정을 전제로 한다. 팀원 중 케이는 자신의 스탠퍼드 챌린지를 가장 비겁하고 방어적인 태도를 취한 챌린지이자 처절하게 실패한 챌린지라고 표현하였다.

"낯선 것 중 가장 큰 하나는 모르는 일을 하는 것이었어요. 아무것도 정해져 있지 않은 상황 속에서 처음부터 창조해 나가는 것이 굉장한 거부감으로 다가왔던 것 같아요. 기존 틀 속에서 움직이는 것만이 익숙한 사람들이었어요. 부정형의 불확실성에 대해 이미 두꺼운 벽을 세워두었죠. 저희는 벽을 허물려는 노력은커녕 협력하며 벽을 더 두텁게 쌓아가기만 했어요."

　그들에게 챌린지를 하면서 예상치 못한 상황이 발생했을 때는 언제였는지 물었을 때, 케이는 팀원들이 다 같이 쌓은 벽 안에 갇혀서 예상치 못한 상황조차 거의 일어나지 않았다고 답했다. 그들은 행여나 실패할까 두려운 마음에 진행 과정에서 발생할 수 있는 리스크와 변수들을 통제하려 했다. 그 과정에서 몸을 움직이는 것, 생각하는 것 또한 최소화하였다. 챌린지의 아이디어로 비단 음료수를 판매하는 것만 있었던 건 아니었다. 팀원들은 각자 자신의 아이디어가 있었지만, 표출하지 않은 것이다.

"다들 아이디어를 떠올리고 있었음에도 그 당시에는 가급적 아무것도 하지 않는 방향으로 서로를 건드리지 않기 위해 노력했던 것 같아요. 저도 마찬가지였어요. 결과를 보장할 수 없는 것에 대해 제안을 하면서 리드하고 싶지 않았던 것 같아요. 내가 생각한 아이디어가 음료수 판매 아이디어보다 결과가 나쁘면 안 되는데 걱정하면서 두려운 일에 대한 책임이 부여되는 것을 원하지 않았어요. 한마디 입도 뻥긋하지 않고 그냥 마음에만 품고 집에 왔죠."

한번 만들어진 방어적이고 패배적인 분위기를 뒤집는 것은 굉장히 어려웠다. 사실 다들 이 분위기에서 벗어나고 싶어 했다고 한다. 그러나 이미 한번 단단히 고정된 분위기는 마음을 먹는다고 해서 쉽게 역전되지 않은 것이다.

우리는 의무방어전을 치르는 중
이 팀은 불광역 앞 편의점에서 2+1, 1+1하는 음료수를 구매하여 서울 혁신파크 내 사무실을 돌아다니며 음료수를 팔았다. 그들은 음료수를 판매하고 있는 이유나 챌린지를 하고 있는 상황에 대한 소개 없이 읍소에 가까운 형태로 하나만 사달라는 말을 하며 음료수를 판매하였다.

처음 사무실 문을 두드리는 데도 많은 시간을 소요했다. 하기 싫고 부끄럽다는 생각에 문을 두드리는 것조차 고통스러워했고 서로가 먼저 문을 열어주기를 바랐다. 만약 그 당시 팀원 중 한 명이 정말 적극적으로 음료수를 판매했다면 다른 팀원도 이에 영향을 받았을지에 대해 물었다.

"저는 그렇게 지각 변동을 일으키는 사람이 한 명만 있었다면 상황이 많이 달랐을 거라는 생각이 들어요. 팀원 대부분 여태까지 삶의 패러다임을 바꾸고 싶은 마음으로 프로그램에 참여했기 때문이에요. 새로운 변화, 세상의 변화가 필요하다고 생각하여 그 자리에 있었던 사람들이었기에 아직 내 엔트로피가 충분하지 않을 때 외부에서 자극을 준다면 무언가 다르긴 했을 것 같아요. 모두 누군가가 건드려주기를 바라는 상황이었어요. 저는 그 당시 판을 바꾸고 싶다는 생각을 하면서도 정작 조금도 판이 바뀌기를 바라지 않았어요. 서늘한 각성이 드네요."

편의점에서 산 음료수를 모두 판매하고 나니 꽤 긴 시간이 남아있었다. 분명 이 시간을 활용해 다른 시도를 해볼 수 있었을 것이다. 그러나 그들은 방어전을 치르듯 마이너스가 아니라 수익이 발생했으니 괜찮다고 생각하며 그 상황에 안주해 있었다. 한 팀원이 다른 것을 해보자는 말을 꺼냈지만 판도라의 상자를 연 것처럼 다들 거부반응을 보였다. 시간이 남았다는 사실은 모두에게 또 다른 불편함을 초래했고 결국 그들은 남은 시간을 공원에서 배회했다.

"음료수를 다 팔고 나니 일단 그 순간에 만족했고, 만족하려고 노력했던 것 같아요. 적자가 날 줄 알았는데 흑자네, 시험으로 치면 과락은 아니야, 그러니까 꽤나 잘한 거야, 이런 식으로 말이죠. 미션을 챌린지로 생각한 것이 아니라 그저 시간 안에 해결해야 하는 과제, 실패하면 안 되는 과제로 생각했어요. 네 시간 동안 수익을 남겨오라는 말밖에 기억나지 않는 거예요. 제한된 시간 동안 수익을 남기는 그것 하나에 혈안이 되어 가장 본질적인 것을 잊은 것 같아요. 마치 개한테 공을 던지고 공을 물어오라고 했을 때 그 공밖에 보이지 않는 것처럼요. 해볼 만한 일이라고 생각하여 제대로 일로 접근했다면 자원이나 시장에 대해 분석하고 짧지만 사업 계획도 세우고 역할 분배도 해보고 했을 것 같아요. 그러니까 챌린지를 전혀 할 줄 모르는 사람들이라기보다는, 버텨내 보자는 정도로만 생각하며 제대로 접근하지 않은 것이 이런 결과를 가져온 게 하나의 이유가 아닐까 싶어요. 흑자에 연연하며 비겁하게 행동한 것을 부끄럽게 생각해요. 스탠퍼드 챌린지라는 것을 우리는 처음 해보는 거니까 끝판을 한 번 내보자, 최선을 다해보자는 마음으로 했으면 좋았을 것 같네요."

팀이어서, 팀이었지만

"혼자서 하는 챌린지였다면 저는 집으로 그냥 가버렸을 수도 있을 것 같아요. 음료수를 사러 불광역까지 나왔는데 정말 지하철 입구로 쏙 들어가고 싶은 마음이 너무 간절했거든요. 혼자였으면 책임감이고 뭐고 약속이고 뭐고 나중에 수습하자, 라고 생각하며 도망쳤을 수도 있을 것 같아요. 그러나 나만이 아닌 팀원들도 있다는 것을 인식하며 어찌 됐든 끝까지 가야 한다는 생각을 했어요. 팀원들 간 친밀감이 높거나 신뢰도가 높은 상황이 아닌데도요. 내가 너무 간절하게 발을 빼고 싶어도 팀이 있어 마음대로 발을 뺄 수 없다는 것을 느꼈어요."

이 팀이 챌린지가 끝난 후 다 같이 모여 회고의 시간을 가졌을 때 케이와 마찬가지로 다른 팀원들은 팀이 존재하지 않았다면 챌린지를 금방 포기했을 것이라고 답했다. 사무실의 문을 여는 것은 매우 더뎠지만 함께하는 것이 아니었다면 문 앞에 서 있지도 못했을 것이라고.

스탠퍼드 챌린지를 팀으로 했기에 좋았던 점이 있었지만, 아쉽게도 이 팀은 '팀'이라는 장점을 충분히 활용하지 못했다. 케이는 그중에서도 팀원들이 가진 자원을 분석하지 못했다는 것을 가장 큰 아쉬움으로 뽑았다.

"사실 저에게는 그 당시에 말하지 못한 아이디어가 있었어요. 우리가 밖에서 누군가에게 대답을 해주거나 상담을 해주면서 돈을 버는 사람들이니만큼 각자 밥벌어 먹고 살던 방법으로 인적 자본을 파는 방법을 생각했어요. 예를 들어서 변호사인 분은 짧은 10분 법률 상담을 해주거나, 저 같은 경우에는 교사였기 때문에 입시에 관한 상담을 해주거나 하는 식으로요. 우리 여섯 명은 음료수를 사서 배달하는 것에 특화되어 가장 뛰어난 아웃풋을 만들 수 있는 사람이 아니었어요. 그저 다른 팀에는 젊고 용감하고 재주 있는 사람이 있다고 인적 자원을 부러워하기만 했죠. 생각해보면 저희는 시니어 팀이기 때문에 더욱 몸에 익은 무기를 사용할 수 있었네요."

처절히 패배했지만 많은 깨달음을 준
이 팀은 팀이 잘한 유일한 것은 챌린지 후 가진 '성찰의 시간'이라는 모두 같은 답변을 주었다. 챌린지를 마치고 집으로 가는 길에 속을 터놓고 회고한 것이 개개인에게 깊은 깨달음을 주었다고 말한다. '우리는 왜 그렇게 수치심을 느꼈을까?', '왜 그렇게 화가 나고 집에 가고 싶었을까?' 등을 솔직하게 털어놓음으로써 이 챌린지가 무의미하게 끝나지 않도록 했다는 것이다.

다음은 케이의 회고글을 발췌한 내용이다.

나는 우리 집에 방문한 손님들이 컵 하나도 싱크대에 갖다 놓게 하지 않는, 친절한 집주인으로 이름이 높다. 그러나 친절하고 상냥한 껍데기를 쓴 그 모습의 이면에 타인에 대한 불신, 속도나 리듬을 맞춰서 함께 일하는 것에 대한 무지가 깔려있다. 물론 눈치 빠른 사람들은 다 안다. 와인잔을 소스가 남은 파스타 접시랑 가까이 두었다가 소스를 묻게 한다거나, 이쪽 잔의 받침을 저쪽 잔에 깐다거나 하는 사소한 것들이 나를 불편하고 못견디게 하는 경우가 많고, 그 불편한 순간의 가능성을 사전에 차단하기 위해 나는 혼자, 부지런히, 먼저 일하는 것을 택해왔다. 모든 일정이 끝난 뒤 돌아오는 길에 '쿡' 하고 박히는 하나의 질문이 있었다.

"오늘 나와 우리 팀이 한 일을 챌린지라고 부를 수 있는 것인가?"

이것이 내가 여태까지 일해왔던 방식의 한계를 여과 없이 드러

내는 장면 같다는 생각도 들었다.

케이는 자신의 완벽주의, 관리감독하려는 성격이 낯선 환경, 낯선 팀원, 낯선 행동에 배척을 일으켰다고 말한다. 혹여나 조금이라도 뒤틀리지 않을까 하는 두려움은 시도조차 할 수 없도록 하는 족쇄와도 같았다. 팀원들은 자신이 아니기 때문에 통제할 수 없다는 것에 대한 무서움이 협업 능력을 발휘하는 것을 저해하였다. 되돌아간다면 케이 본인은 어떻게 팀의 협동을 잘 이끌어나갈 수 있을지 질문을 하였다.

"챌린지의 초반부로 다시 돌아갈 수 있다면 팀원 여섯 명 각자가 가진 벽에 대해 이야기해보는 시간을 가졌을 것 같아요. 어떤 사람은 돈의 한정됨이, 어떤 사람은 부끄러운 성격이, 어떤 사람은 여럿과 긴 대화를 통한 회의에서 느끼는 답답함이 벽일 수 있겠죠. 협업을 통해 도전을 이루어내기 위해서 모두의 벽을 하나씩 꺼내놓고 벽들을 동시에 넘어볼 수 있는 방법은 무엇이 있는지 고민했을 것 같아요. 그렇게 했을 때 무너진 벽은 어떤 것이고 무너지지 않는 벽은 어떤 것인지 인식하는 과정이 굉장히 중요할 것 같고요."

케이가 벽을 마주하는 것을 이렇게 강조하게 된 계기는

무엇일까? 진정으로 벽을 마주한 케이에게는 어떤 변화가 찾아왔을까?

"저는 교육에서 혁신이 필요하고 세상이 바뀌어야 한다는 이야기를 끊임없이 하는 사람이에요. 그런데 외부가 변해야 한다며 바뀌어야 하는 것을 대상화하기만 했을 뿐, 내가 바뀌어야 한다는 생각을 절실히 하지 못한 것 같아요. 새로운 교육에 대해 모색하는 머리가 트인 사람이라며 자부심과 자기 확신을 가지고 있었고, 세상이 안 따라줘서 그렇지 내가 새로운 필드에 들어가면 너무 잘 맞을 것이고 얼마든지 새로운 것에 발맞추어 갈 수 있다고 생각했어요. 네 시간짜리 행동의 변화조차도 너무나 고통스러워하는 모습을 보며 변해야 하는 것은 세상이 아니고 내가 아닌가, 라는 생각을 했어요."

케이는 그동안 노골적인 민낯을 볼 만한 상황에 스스로를 두지 않으며 안전한 구역에 머물러 있으려 했다고 말한다. 스탠퍼드 챌린지는 케이가 넘어서야 할 벽을 완전히 마주할 수 있도록 도와주었다. 일단 '난 나를 다 알지 못한다, 그리고 경험을 하여 나에 대해 스스로 판단한다'는 마인드셋을 가질 수 있었던 것이다. 이는 이후의 도전적인 활동들을 시작하는 계기가 되었다.

"챌린지 이전에는 MTA에 대해서 그저 끌리는 부분이 있고 궁금하다는 차원 정도였는데 이렇게까지 따귀를 맞고 정신을 차릴 수 있도록 해준 경험은 MTA에 대해 훨씬 더 적극적인 관심을 가지고 공부할 수 있는 계기가 되어주었어요. 그동안은 변수를 최대한 줄여 미리 대비하는 것이 곧 좋은 결과를 낼 수 있는 방법이었는데, 그 방법으로 인정받은 '티칭'을 그만두고 통제하면 통제할수록 망하는 '코칭'으로 넘어올 수 있었어요. 살아오면서 저에게 두근거림은 불쾌함이었고 스트레스였어요. 챌린지를 시작으로 조금씩 낯선 것들을 마주하면서 두근거리는 것이 100퍼센트 스트레스가 아니고 그저 새로운 것에 대한 자연스러운 반응이라는 것을 받아들일 수 있었어요. 이제는 두근거림이 저에게 꽤나 긍정적이고 즐기는 요소예요. 몸을 쓰는 걸 되게 싫어하는 사람이 훌라춤을 이리도 즐기고 있으니까요."

스탠퍼드 챌린지는 '실패'했으나 케이에게 발돋움이 되었다. 그 챌린지를 기반으로 케이는 많은 사실을 깨닫고, 변화했다. 그렇다면 우리는 이 챌린지를 완전히 실패했다고 할 수 있을까? 케이가 얻은 깨달음 역시 하나의 가치로 환산된다면 이 챌린지를 마냥 실패라고 할 수 없다. 우리는 스탠퍼드 챌린지의 성패를 결과물로 정의하고 싶지 않기 때문이다.

"경험을 삽니다"

우리는 살면서 수많은 성공과 실패를 겪는다. 우리에게 가장 익숙한 성과 지표는 바로 성공과 실패다. 하지만 우리가 살아오면서 성공과 실패를 많이 접한 것에 비해, 그에 대한 개념은 여전히 모호하기만 하다. '목적하는 바를 이룸', '일을 잘못하여 뜻한 대로 되지 아니하거나 그르침'. 이것들이 바로 성공과 실패의 사전적 정의다.

그렇다면 이 성공과 실패의 개념을 스탠퍼드 챌린지로 가져와 보자. 스탠퍼드 챌린지의 궁극적인 목적은 수익 창출이다. 그렇다면 수익 창출을 하지 못했다면 실패한 것일까? 반대로 결과적으로 수익은 창출해냈지만, 그 과정이 순탄치 못하고 만족스럽지 않았다면 과연 성공이라고 말할 수 있을까?

성공과 실패는 한 가지 의미로 정의할 수 있는 단어가 아니라, 각자의 마음속에 담아둔 가치에 따라 뜻이 달라지는 단어이다. 그 단어의 뜻을 한 가지로 국한할 수 없다는 의미이다. 행복이라는 단어로 예를 들어보자. 어떤 사람은 수많은 재산이 있는 삶을 행복이라고 정의할 수 있고, 어떤 사람은 따뜻한 인간관계의 상호작용을 행복이라고 정의할 수도 있다.

행복의 기준은 개개인에게 다르게 다가온다. 마찬가지로 성공과 실패도 그 속뜻을 객관화된 수치로 판단하거나, 뜻을 정의할 수 없다. 어떤 사람은 자기 집을 마련하는 것으로, 어떤 사람은 몇억짜리 자동차를 장만하는 것으로 인생의 성공을 정의할 수 있다. 반대로 어떤 사람은 실패로 정의할 수 있다. 아무리 스탠퍼드 챌린지의 목적이 한정된 자본과 시간 속에서 '수익'을 창출하는 것이더라도 성공과 실패에 대한 개념은 사람마다 다르다.

그렇기에 스탠퍼드 챌린지를 바라볼 때, 대부분이 적자와 흑자로만 그 챌린지의 성공과 실패를 판단하는 실수를 저지르곤 한다. 직접 그 과정을 경험해 본 것이 아니기에 주어진 금액으로 얼마를 벌었는지 수치화된 금액만 보기 쉽다. 결과 중심주의 사회에서 결괏값으로 성공과 실패의 여부를 측정하는 건 자연스러운 상황이다. 하지만 좋은 과정과 좋은 결과가 반드시 한 세트인 것은 아니다. 과정이 좋지 않아도 결과가 좋으면 그동안의 나쁜 과정은 무시되고 오직 결과에만 집중하곤 한다. 반면 과정은 좋았더라도 결과라는 성과 지표가 나오지 않는다면 우리는 대개 그 결과에 대한 책임을 져야 한다. 이런 결과 중심 사회의 영향으로 우리는 과정은 잘못됐어도 목표만 달성하면 성공한 사람으로 생각한다. 또한 목표를 달성하지 못함을 수치스럽게 생각하거나 실패한 인생으로 생각하는 경향이 있다.

결과 중심적 사회는 누군가를 망가뜨리기도 한다. 스포츠계의 도핑은 선수의 몸에도 나쁜 영향을 미치고, 불공정한 방법이지만 좋은 성적을 받을 수 있다는 유혹에 빠뜨린다. 결과만이 선수를 증명하기 때문이다. 스포츠 도핑은 결과 중심 사회 속 빙산의 일각이다.

우리는 항상 결과에는 과정이 선행한다는 사실을 기억해야 한다. 사회는 결과 중심으로 흘러갈지라도, 적어도 개인에게는 과정이 결과 못지않게 중요하다. 성공하는 과정이 반드시 성공한 결과를 끌어내지는 않는다. 제일 중요한 점은 우리가 과정을 통해 성장한다는 것이다. 남들이 결과만을 바라본다고 해도, 스스로가 성장하는 지점은 결과가 아니라 과정에 있다.

과연 스탠퍼드 챌린지를 내준 실리그 교수는 학생들이 높은 수익을 창출하기만을 기대했을까? 엄밀히 말해서 수익 창출만을 기대했다면 한정된 재화와 시간을 요구하지 않았을 것이다. 더 체계적인 방법으로 사업체를 운영하거나, 창업을 하는 쪽으로 방향을 잡았어야 한다. 여러 가지 제한 속에서 수익을 내야 하는 스탠퍼드 챌린지의 본질은 과정에 있다. 여러 가지 제약을 이겨내고 한계를 돌파하는 것, 한정된 재화와 시간에 얽매이지 않고 자신이 처한 상황의 본질을 알아채는 것, 시도의 중요성을 깨닫는 것 등 스탠퍼드 챌린지의 성과는 비단 수익 창출만은 아니다. 그렇기에 더욱 스탠퍼드 챌린지의 귀중한 과정에도 귀를 기울여 들어봐야 한다.

스탠퍼드 챌린지에서 우리는 어떤 것을 경험했는가. 그 경험은 무엇이었나. 우리는 어떻게 성장했는가. 성공과 실패라는 결과 중심의 이분법을 떠나 자신이 경험하는 과정에 집중한다면 어느새 자신의 성장을 발견할 수 있다. 우리는 매 순간 경험을 통해 성장하는 존재다. 그 속에 숨어있는 의미를 곱씹고, 우리의 것으로 체화하여 발전해야 한다. 그것이 우리가 추구해야 할 진정한 가치이다.

• • • 이 책을 쓴 LEINN SEOUL 3기 이치팀을 만났을 때 반짝거리던 눈동자들이 아직도 기억에 남습니다. 단숨에 읽었네요. 개인 역량을 뛰어넘어 이룬 흥미진진한 팀플레이 이야기들이 정말 인상적인 책입니다. 시장경제 질서 속에서 이윤을 창출할 방법을 고민하고, 팀으로 좌충우돌, 고군분투한 과정에서 도전과 실패의 가치를 터득한 것이 돋보입니다. 팀과 함께 얻은 배움을 기억하면서 더 많은 도전을 이어가길. 응원합니다. 아자.

— **박경서** HBM사회적협동조합 이사장, (전)대한민국 초대 인권대사, 29대 대한적십자사 총재

• • • MTA는 팀이 되어가는 과정이자, 팀이 되기 위해 필요한 새로운 근육을 길러주는 훈련과 같다. 책 속에서 스탠퍼드 챌린지는 짧은 시간과 적은 자본으로 돈을 벌어보는 도구보다는 팀이 되는 화학적 반응을 유도하는 도구 같다. 고창 시내를 무대로 펼쳐지는 레이너들의 좌충우돌 챌린지 이야기들은 옴니버스 영화를 보는 것 같이 그려져있다. 챌린지를 수행해나간 구체적인 스토리도 흥미롭지만, 무엇보다 참가자들이 이 과정을 복기하면서 팀이 되어가는 과정과 자기 자신을 발견해나가는 과정은 깊은 울림을 준다. 레이너들과 다른 방식으로 스탠퍼드 챌린지를 경험한 이들의 이야기를 읽다보면 나라면 어떻게 했을까를 계속 돌아보게 한다. 연령에 상관없이 좋은 팀을 이루고 싶다는 갈망을 가진 모든 이들에게 또 도전하는 용기가 필요한 모두에게 권해보고 싶은 책이다.

— **한선경** 씨닷(C.) 대표

・・・ 레인서울(LEINN Seoul)에서 학습자들이 무엇을 어떻게 학습하는지 알고 싶은 분들에게 이 책을 권한다. 글쓴이들은 학습자들이 주어진 과제를 어떻게 풀어가며, 그 과정에서 얻어야 하는 것이 무엇인지를 성찰하면서 발전하는 과정을 잘 보여주고 있다. 이 책에 담긴 학습자들의 경험이 대한민국 모든 청년학습자들에게 희망과 자극을 주기를 바란다.

— **장승권** 성공회대학교 경영학부 교수

・・・ 레이너(LEINNER)들은 삶이 결국 '스탠퍼드 챌린지'란 것을 알고 있었던 것일까? 삶은 문제로 가득 차 있으며, 그 문제를 우리가 어떻게 직면하고 도전하는지에 따라 삶의 질이 결정된다는 사실을 말이다. 이 책은 활자로 된 이론으로서의 기업가정신을 일상의 가능성으로 변화시킨 레이너들의 소중한 기록이다. 이들의 스탠퍼드 챌린지와 책마을해리에서의 함께살기는 혁신적 가치창출을 종결어미로 하는 기업가적 과정(Entrepreneurial Process)과 그대로 맞닿아 있다. 손에 닿는 자원이면 무엇이든지 간에 새로운 조합을 통하여 새로운 가치를 창출할 수 있는 전략을 브리콜라주(Bricolage) 전략이라고 하는데, 이들의 도전들은 '팀'이라는 보다 넓은 손바닥을 모아, 브리콜라주 전략으로 사회적 가치를 포획해 나가는 사회혁신가들의 행보와 닮아 있다. 지금의 도전들이 창업가로서, 사회혁신가로서 앞으로 직면하게 될 삶의 적막들을 풀어 헤쳐 나가기 위한 든든한 자양분이 되길 빈다.

— **박성종** 아산나눔재단 사회혁신팀 팀장